KB238707

혼잣말까지
다정한 사람

황예현 산문집

FOREST
WHALE

일러두기

저자 고유의 글맛을 살리기 위해 일부 표기와 맞춤법은 저자의 스타일을 따릅니다.

혼잣말까지
다정한 사람

구원 같은 단어는 쓸 수 없지만

 사람을 가만히 들여다보면 어딘가 모난 구석이 있습니다. 아마도 세상 모든 사람이 그럴 겁니다. 더 깊이 들여다보면 그 모난 구석이 실은 가장 아픈 구석이라는 걸 알게 됩니다. 주제넘은 이야기지만, 그걸 알게 된 후로 누군가 제게 맥락 없는 날카로움을 보일 때면 '이 사람은 여기가 아프구나'하고 마치 의사 선생님처럼 진찰하기도 합니다. 물론 저는 의사 선생님도 아니고, 고칠 능력도 없으니 단박에 치료해 줄 수도 없고, 저 또한 탐탁지 않은 모서리를 몇 개 가지고 있기에 아픈 구석이 전혀 없는 사람처럼 굴 수도 없지만요. 그래서 덩달아 끙끙 앓기만 하지만요. 특히 저와 비슷한 모서리를 가진 사람들을 만날 때면 그들이 그렇게 미우면서 못 견디게 애틋하고 그럽니다. 모서리가 생기기까지도 아팠을 테지만 쉽게 무디어지지 않는 뾰족함을 지닌 채로 살아가는 것은 또 얼마나 흠뻑 아픈 일인지를 지독하게 잘 알고 있어서요.

독자님은 어떤 모서리를 가지고 계시는가요? 당신을 다 이해한다고 말할 수도 없고 여기에 감히 구원 같은 단어를 쓸 수도 없지만, 어쩌면 다르고도 비슷한 정서를 가졌을 우리의 지난날, 그리고 아주 다 낫지는 못한 오늘을 제가 가진 가장 둥근 마음으로 적어두었습니다. 아무리 진실하고 성실하게 살아도 억울하고 슬픈 일들이 찾아옵니다. 슬픔이 우리 안에 쌓여 찰랑거릴수록 오히려 메마르거나 부서지기 쉬운 상태가 되고 잊히는 것들이 늘어나요. 우리도 모르는 사이에 인정과 칭찬, 위로에 인색한 사람이 되고 맙니다. 잊으면 안 되는 것들을 잊지 않기 위해, 존재의 가치를 지키기 위해 때로는 인정을, 때로는 칭찬을, 때로는 위로를 남겨두고 싶었습니다. 빗대자면 이것이 제가 할 수 있는 유일한 처방이 아닐까 합니다.

마음을 엎질러 쓴 문장들이 아직 축축합니다. 씩씩하게 지내라는 말을 맨 앞에 하고도 싶었지만, 그보다 먼저 울어도 된다고 말해주고 싶었습니다. 때가 되면 비워내야 하는 것들이 있어요. 울음도 마찬가지이고요. 그건 우리가 나약하거나 슬픔에 저버려서가 아니라는 걸 알고 계셨으면 해요. 앞으로도 수많은 슬픔이 덮쳐 올 거예요. 제멋대로 오는 슬픔을 모조리 막을 방도도 없을 테고 때마다 아프지 않을 리도 없겠지만 독자님은 독자님을 지켜낼 수 있다는 걸 때마다 떠올리셨으면 합니다.

다만 지키기 위해서 우리가 해야 할 일은 주먹을 쥐는 일보다 손바닥을 내어 보이는 일일지도 모르겠습니다. 아마 무언가를 허물어야만 무언가가 지어지는 일과 비슷할지도 모르겠습니다.

목 차

2부

시절은 원망하지 않는다

3부

바다는 잠겨 죽지 않는다

1부

이름은
달아나지
않는다

울 줄 아는 어른의 심지

울지 않는 어른보다 울 줄 아는 어른의 심지에 공감하며 자랐다. 그들은 때로는 가장 무른 것이 가장 단단한 것임을 이해하고 있었고 흔들림을 인정하고 받아들이는 법을 깨달아 부러지지 않는 유연함을 가지고 있었다. 그걸 일찍이 알아차린 나는 그들에게 잘 참는 법보다 잘 우는 법을, 부서지는 법보다 휘어지는 법을 배웠다.

어른이라는 무게를 짊어지고 나서는 아무 때나 울어버릴 수는 없었지만, 그래서 벌게진 눈을 하고 고개를 들어 울음을 삼킨 적도 많았지만, 펑펑 울어버릴 때가 더 많았다는 말이다. 아무에게도 우는 모습을 보이고 싶지 않을 때는 혼자 슬픈 영화를 보며 입을 틀어막고 울거나 노래를 부르다 훌쩍거리기도 했

*

다. 아주 가끔 그럴 기운도 없는 날에는 이불 속에 숨어버리곤 했는데, 이불은 어른의 서러움도 숨겨주니 끝끝내 울지 않아야 할 이유가 없었다. 그만하면 많이 참았고 내 울음이 세상에 큰일을 일으키는 것도 아니었다.

  사람들에게 눈물이 차오르는 모습을 보인 적도, 주르륵 흐르는 눈물을 보인 적도, 심지어 앞에서 끅끅대며 울어버린 적도 있다. 어떤 이들은 함께 눈시울을 붉힌 채 다정하게 이야기를 들어주고 자신의 이야기도 들려주었다. 물론 그런 사람들만 있는 건 아니었다. 간혹 우는 일에 너그럽지 않은 사람들은 내게 청승이라고, 그렇게 약해서 이 세상을 어떻게 살아갈 거냐고 꾸짖듯 말하곤 했지만, 종종 그들의 눈동자에서 눈동자보다 더 깊고 진한 슬픔을 발견해버리면 나는 그들을 마음 편히 미워할 수도 없었다. 그들이 무서운 건 가뭄보다 홍수인 듯했고 잠겨 죽기 싫어 틀어막은 눈물이 그 속에 얼마나 고였을지, 차라리 메말라 타버릴 작정을 하는 마음은 오죽 서러웠을지 감히 헤아리기도 어려웠기에 나는 그저 가만히 입을 다물었다.

*

살면서 눈 끝에 힘을 주고 끝끝내 울지 않는 어른들을 자주 목격했다. 속이 상하는 건 그들을 오래 지켜보다 보면 대체로 탈이 나는 것을 보게 된다는 것이다. 어쩌면 당연한 이치다. 참기만 하면 탈이 나니 아프면 소리 지를 줄도 알아야 하고, 울음도 종종 게워내야 한다. 아픔을 있는 그대로 받아들이면 아무리 강한 사람이라 해도 부서지기 쉬울 것이다.

나는 피구를 할 때면 날아오는 공을 잡기보다 이리저리 피하는 쪽이었다. 시간이 끝날 때까지 버티거나 던지는 쪽이 지칠 때까지 피해 다니다 보면 기운 없는 공이 굴러오다시피 날아온다. 그때 잡으면 그만이다. 어떻게든 피하며 버티는 것도 요령이라는 말이다. 아플 걸 알면서도 참을 수 있다고 무리하게 공을 잡다가는 손목이 부러질지도 모르는데, 정말로 유연하게 피하는 쪽이 더 미련하고 약한 쪽이라고 할 수 있을까? 자리에서 버티지 않고 주저앉아 공을 피하면 비겁한 걸까? 나는 아니라고 생각한다. 우리는 두려움을 참고 정말로 용기를 내야 할 때와 살기 위해 반드시 도망쳐야 할 때를 잘 구별해야 한다.

그런 생각을 가지고 살다 보니 학교나 직장에서, 종종 가정에서마저 고통받고 부서진 사람들의 이야기가 뉴스에 나올 때면 억장이 무너졌다. 도움을 청하고도 도움받지 못한 사람들도 있었지만 대부분 그 환경에서 도망치지도 못한 사람들이었다. 세상은 힘들어도 버티라고 가르치고, 울거나 포기하면 나약한 인간취급하며 울지 않고 그저 묵묵히 견디는 사람이 강한사람이라 한다. 세상이 이리 슬프고 위험한데 우리가울지 않아야 할 이유는, 도망치지 않아야 할 이유는뭘까. 어쨌든 우리는 살아남아야 하지 않을까.

건강하기 위해서는 좋은 걸 하기보다 나쁜 걸 하지않는 게 더 중요하니 당신에게 해가 된다면 음식이든,사람이든, 그 무엇이든 거리를 두는 것이 현명하다.그 일이 아니어도 할 수 있는 일이 반드시 있고, 그 자리가 아니어도 당신의 자리는 어딘가에 다시 마련할수 있다. 그리고 꼭 그들이 아니어도 당신과 이야기를나눌 사람들이 분명하게 있다. 쉽게 포기하라는 말이 아니라 버틸 수 있을 만큼만 버티라는 말이다. 당신을 파괴하려는 곳에서 그들과 함께 당신을 파괴하지 말라는 말이다. 당신이 있어야 모든 게 있다. 그러니 자신을 끈질기게 지켰으면 좋겠다.

나는 이제 나를 꾸짖는 그들을 안아주려 한다. 다물었던 입을 떼고 잠겨 죽지 않는 방법은 틀어막는 것이 아니라 흘려보내는 것이라는 걸 간곡하게 말하는 어른이 되려 한다. 울지 않는 어른의 아픔에 공감하며 가끔은 그들 대신 누수 같은 눈물을 뚝뚝 흘리는 사람이 되려 한다. 흐르고 마르기를 반복해 생긴 자국이 얼마나 아름다울 수 있는지를 보여주려 한다. 아마도 내가 울 줄 아는 어른의 심지를 가지게 되었거나 기질적으로 사람을 애틋하게 생각하기 때문이겠다. 이 부족한 사람이 하는 말이 그들을 메마르지 않게 할 수 있을지 자신할 수는 없지만, 그렇더라도.

더 이상 눈물 없이 울지 않아도, 가뿐히 눈물을 놓치더라도 괜찮을 것이다. 처음에는 낯설고 허공에 발을 내딛는 기분이 들겠지만, 용기로 놓친 눈물이 단단히

*

굳어 딛고 나아갈 땅이 되어 줄 것이니.

당신을 지킬 자애와 용서가 당신 눈 끝에 달려 있다.

일상적 태도

아침부터 머리가 지끈거렸다. 어젯밤 작정하고 고민하다 느지막이 잠이 든 탓이겠다. 거울 앞에 앉아 나를 보면 이 조그만 머리와 야윈 몸에 수북하게 쌓인 불안은 언제부터 나를 침범했을까 의아해진다. 곧 거울 속 내가 꼭 내가 아닌 것만 같아서 거울 보는 일도 그만두기로 한다. 입을 크게 벌리고 기지개를 켜면 손끝이 눈에 걸린다. 어쩐지 그 마른 나뭇가지 같은 손이 주무르고 싶어져 손가락 마디마디를 주무르다 보면 새삼 온 마음이 저릿하다. 그러면 지금 내가 상당히 엉망이라는 것을 하는 수 없이 인정하게 된다.

몸과 마음은 서로 연결된 게 분명하다. 스트레스를 많이 받으면 반드시 두통이 왔고 긴장하며 지내는 시간이 길어지다 한풀 꺾이면 기어코 몸살이 왔다. 그래서인지 환경이 바뀌거나 새로운 일을 시작할 때마다 한 달 후에는 알람처럼 몸살이 울려 퍼졌다. 이처럼 보통의 인간인 나는 한없이 유약할 뿐이다. 다행인 것은 평범한 행동의 힘으로 평범한 일상으로 돌아올 수 있다는 걸 일찌감치 깨달았다는 것. 이를테면 이부자리 정리하기, 환기를 위해 창을 열거나 산책하러 나가기, 아프면 바로 병원에 가기, 살 것들 간단히 적고 장 보기, 어설프더라도 정성껏 요리해 먹기, 사랑하는 사람도 초대하기, 때맞춰 화분에 물 주기, 책상 정리하기, 더럽혀진 옷가지는 세탁하고 고생한 몸은 깨끗하게 씻기 같은 사소한 것들. 물론 불안이라는 언덕을 완전히 넘기까지는 시간과 힘이 더 들 테지만 그 첫걸음이 되어 주는 것은 내가 나를 챙기는 단순명료한 일이었다.

앞으로의 삶이 걱정되고 눈앞이 캄캄해도 지금 당장 할 일을 해야 한다. 눈을 뜨고 몸을 일으켜 세워 바닥을 디뎌야 한다. 내 세상이 흔들거릴 때 중심을 잡는 방법은 절대로 거창하지 않다. 아주 작은 의지. 그것만으로 우리는 평화를 되찾을 수 있다. 하루를 결정

*

하는 건 마음먹기이고, 마음은 되도록 바르게 먹는 편
이 건강에 좋을 것이다.

불행의 증거

 사람이 조금 더 엉망진창일 때는 채울 수 없을 때보다 비울 수 없을 때일지도 모른다. 가끔 잡다한 게 널브러진 방을 볼 때면 요즘 내 상태가 어땠는지 짐작이 간다. 거울을 보지 않아도 내 상태를 눈으로 보게 되는 건 꽤 놀랍고 불쾌한 일이다. 하지만 아직 살아서 손을 흔들고 있는 나를 구해내기 위해 비우는 일을 서둘러야 한다. 채우기에만 급급한 사람은 고이거나 고비를 맞기 쉬우니 틈만 나면 비워낼 궁리를 하는 것도 나의 일일 것이다. 비운다는 건 생각의 꼬리를 자르고 불행의 증거를 지우는 일 같다. 어쩌면 사라지는 것을 견디는 일과도 같을 것이다.

나아감과 지나감은 같은 말

목적지도 없이 자주 걸었다. 부정적인 생각은 꼭 늪 같아서 한번 빠지면 꼼짝하지 못하고 그 자리에 갇혀 있게 된다. 그건 아주 곤란한 일이었고 걷는 일은 매몰된 생각에서 가장 빠르게 빠져나오는 방법이었다. 어떤 날의 산책길은 나만의 정원이 됐다. 이름 모를 꽃을 구경하다가 이름을 붙여주기도 하고, 꽃잎을 세어보기도 하고, 손바닥으로 꽃의 키를 재보기도 했다. 이건 은밀한 나만의 방식이었고 그렇게 꽃에 물을 주듯 감정에 물을 주는 시간은 시들어가던 의지를 자연스럽게 소생시켰다.

유독 신발을 바닥에 끌며 걷던 날에는 당연하다는 듯이 걸음마다 그늘이 이어졌고, 고개를 떨군 채로 몸을 움츠리거나 한숨을 내쉬는 일을 반복해야 했다. 하지만 영영 멈추거나 포기할 명분을 찾지 못했다는 핑계로 이윽고 다시 몇 걸음을 내디딘 건 내 집요함으로부터 비롯됐는데, 그 결과로 아득하게 멀었다고 생각한 따뜻한 길에 곧 들어설 수 있었다. 고개를 들고 살지 않으면 어두운 길이 끝나간다는 걸 알 수 없고 불과 몇 걸음을 남겨두고 암흑에 갇힐 수도 있다는 걸 깨닫는 순간이었다. 구름은 영영 나를 따라다니는 게 아니고 모든 건 지나간다는 당연한 사실을 자주 잊고 살게 되는 건 왜일까.

그렇게 막막함을 이고 지고 걸을 때마다 멈춰있던 생각이 나와 함께 걸었다. 떠나야 돌아올 수 있다는 진리를 머릿속에 새기고 일단 발을 내디디면 어떻게든 나아가게 된다는 걸 직접 눈으로 보면서, 열 걸음만 더. 아니, 세 걸음만 더. 그렇게 걷다 보면 희망을 오물거리며 집으로 돌아올 수 있었다. 몇 걸음 만에 밝은 볕이 드는 길로 바뀐 어떤 산책길처럼 삶은 포기하지 않으면 생각보다 금세 다른 국면이 찾아온다. 내가 움직이면 내 세상도 다시 움직인다는 걸 잊지 않으면 어떤 어려움에 가로막혀도 뚫고 나아갈 수 있을 것이다.

 세상은 번잡하고 단호할 때도 많지만 생각보다 단순하고 우리에게 연민이 있다. 그러니 우리는 천천히 걸을 수도 있고 쉬었다가 갈 수도 있다. 영영 멈추지만 않으면 그런 것쯤은 몇 번이고 눈감아줄 것이다.
 나아가는 만큼 나아지고 있다.

*

습관적 낭만

 웃긴 습관이 하나 있어요. 그대로 드러누워 버리기
에는 에너지가 남아있거나 그냥 웃어넘기기에는 기
분이 추락하는 날마다 저의 아주 작은 낭만들을 기록
하는 거예요. 예를 들면 유치한 이야기만 하며 하루
를 다 보내기, 편지를 쓰다가 잘못 쓰면 처음부터 다
시 쓰지 않고 두 번 정도 줄을 그은 후에 아무렇지 않
게 다시 써 내려가기, 뜬금없이 꽃 한 송이를 선물하
기, 마주 앉은 사람의 젓가락이 어떤 반찬에 자주 가
는지 보다가 슬쩍 그 사람 앞으로 밀어 주기 그리고
그 반찬에는 아주 조금만 손대기, 보고 싶다는 말을
들으면 가끔은 지금 가겠다고 말하기, 누군가를 꿈에
서도, 혹은 꿈에서라도 만나고 싶으면 잠들기 전에 온
통 그 사람 생각만 하기 같은 대개 아주 하찮고 사소
한 것들입니다. 되도록 전자기기보다 종이에 직접 적

*

29

어두는데, 종이와 펜을 직접 만지면서 쓰면 더 생생하게 기분이 좋아지고는 했기 때문입니다. 아무것도 없는 흰 종이에 아주 작은 낭만 몇 가지를 나열해 놓았을 뿐인데 그 종이만 들고 있으면 설렜어요. 그건 행복해지는데 꼭 거창하거나 많은 게 필요한 건 아니라는 증명이 아닐까 싶습니다.

사람들은 종종 어떻게 하면 행복할 수 있는지를 묻고 대답합니다. 그때마다 저는 한결같이 그들이 들고 있는 가장 큰 욕심에 관해 묻고, 감당하기 벅찬 욕심을 틈틈이 내려놓아야 한다고 대답합니다. 손이 벌벌 떨릴 만큼 무겁고 시야를 가릴 만큼 커다란 욕심을 내려놓으면 그제야 고개를 돌릴 여유가 생기고, 여기저기 깔린 세 잎 클로버 같은 행복을 쉽게 목격할 수 있습니다. 말없이 머리를 쓰다듬어주는 바람, 당장 내목을 시원하게 해줄 컵 안에 얼음이 부딪히는 소리, 길가에서 당당하게 고개를 들고 서 있는 꽃들, 나무가 만든 그늘, 귀엽게 생긴 새가 조그마한 입을 열고 지저귀는 소리, 분수 앞에서 발을 동동 구르며 신나 하는 아이들의 모습처럼 말입니다.

물론 저에게도 크고 작은 욕심들이 있어요. 어떨 땐 욕심에 독기가 가득 차기도 하는걸요. 무리한 욕심은 삶의 목표를 만들고 달릴 원동력이 되어 주기도 했지만, 내리막길에서 자전거를 타듯 속수무책 달려지기만 하는 날들 속에서는 잡는 것보다 놓치는 것이 많았습니다. 그러다 방전이 되면 아주 두꺼운 의자에 발목이라도 묶인 것처럼 한 발짝도 나아갈 수 없기도 했고요. 가끔 축적하는 일상이 버거울 때면 괜히 무언가를 밖에다 버리고 돌아오기도 했어요. 그런 날들을 보낼 때마다 이 세상을 떠날 때 쥐고 갈 수 있는 것은 아무것도 없다는 당연한 사실이 또렷하게 떠올라서 지금 쥘 수 있는 오늘을 조금 더 가볍게 살기로 다짐하고는 했습니다. 사소한 것을 사랑하는 것으로 지독한 욕심을 희석하는 것은 적지 않은 시간을 흘려보내며 얻은 지혜입니다.

아무것도 부질없다고 말하려는 것이 아닙니다. 너무 큰 욕심으로 너무 많은 것을 놓치지 않기를 바라는 마음으로, 삶이 너무 고될수록 눈 앞을 가리는 부유물을 걷어내고 작은 낭만들에 잠시 한눈을 팔아도 괜찮다는 말입니다. 더 반듯이 서기 위해 무릎을 굽힐 줄도 알아야 하고 더 오랜 시간 달리기 위해 숨을 나눠 쉴 줄도 알아야 합니다. 열정도 좋고 목표를 향해 달리는 것도 좋지만 자신을 조금 더 촘촘히 아끼기 위해 쓰고 짠 욕심을 조절하고 조금은 싱겁고 밋밋하더라도 무해한 것들을 사랑해 보자는 이야기입니다. 그러다 보면 오늘은 이 정도 낭만, 이 정도 행복이면 됐다며 편안히 잠들 수 있는 날이 오실 겁니다.

우리가 가장 치열하게 쟁취해야 할 것은 당장 행복해지는 겁니다. 마음만 먹으면 행복해질 수 있다는 것은 아주 놀라운 일이니 미루지 말고, 당장 행복하세요. 아주 큰 행복은 아닐지라도 조약돌 같은 행복들을 손 안 가득 챙기실 수 있을 겁니다. 어느 날에는 손을 펴고 세어보는 여유를 가질 수도 있을 거예요. 아마도 그 모습이 제가 꿈꿨던 가장 낭만적인 장면일 겁니다.

어른도 종종 미아가 된다

 다 컸다는 말이 나는 조금 의아했다. 사람이 다 크는 순간은 언제일까? 연필을 바르게 잡고 이름을 쓸 수 있을 때? 이불을 예쁘게 개어 정리할 수 있을 때? 아니면 스스로 요리해 먹고 나서 핑계 대지 않고 바로 설거지까지 할 때? 그것도 아니면 스무 살이 되었을 때? 글쎄, 나는 잘 모르겠다. 그런 걸로 어른이라고 할 수 있을까? 울지 않는다고 어른이 된 것도 아니고, 누가 떠먹여 주지 않아도 밥을 잘 먹는다고 어른이 된 것도 아니고, 회사에 척척 간다고 꼭 어른인 것도 아니다.

 나는 서른 살도 훌쩍 넘었지만, 아직도 예쁜 스티커를 한참 만지작거리고 통에 든 아이스크림 뚜껑을 여는 순간 엄청나게 집중한다. 손톱깎이 사용이 아직도 서툴러서 삐뚤게 자른 손톱을 보며 '더 자르면 아프겠지?' 생각하고 한숨도 쉰다. 2단 줄넘기는 여전히 어렵고 책상에서 잠들기도 하며 심지어 잠투정도 한다. 물론 소리를 지르거나 울지는 않지만, 확실히 예민해져 심술부릴 준비를 하는 것이다. 이런 기본적인 욕구에도 취약한 나를 깨달을 때마다 나조차도 황당해서 도대체 언제 어른이 되는 거냐고 자문하고는 했다.

가끔 다른 세상에 와 있는 것 같은 기분이 들 때가 있다. 여기가 어디인지, 내가 누구인지 아무것도 모르겠을 때. 이 나이쯤 되면 내 위치를 알고 어떤 상황에서 어떻게 행동해야 하는지 척척 알 수 있을 것만 같았는데 실상 나이만 먹은 어린애 같다고 느껴질 때. 그런 내가 부끄러워 당당히 고개를 들 수도 없을 때. 그럴 때면 어김없이 지나간 것들과 현재에 머무는 것들이 후회를 불러와 사투를 벌이고 결국 머리가 깨질 듯한 고통에 괴로워해야 했다. 하지만 생각해 보면 나는 조금 칭얼거려도 주어진 일을 용케 해내고 있고 누군가의 고민을 귀 기울여 듣고 함께 해결책을 찾으려 노력할 줄 안다. 다른 사람을 위해 그림을 그리거나 글을 쓰고 나를 위해 장갑과 목도리를 챙길 줄도 안다. 그러니 자주 길을 잃고 미아가 되어 이 지구를 떠돌더라도 머저리가 아니다.

그저 알록달록하게 살고 싶었다. 희미하거나 무채색인 삶은 의미 없다고 생각했던 더 푸르던 날의 이야기다. 나는 지금보다 건강했고, 패기도 넘쳤고, 아주 큰 사람이 될 수 있을 것만 같았다. 커다란 꿈은 없었지만, 아무튼 무작정 커다란 사람이 되고 싶었다. 그때의 내게 보통의 어른들은 다 커다랗게 보였으니 어쩌면 그저 평범한 어른이 되고 싶었던 걸지도 모르겠다. 그 후로 한참 시간이 지났고 내게도 커다란 꿈이 여러 개 생겼다. 책을 내거나 카페를 여는 것 같은 꿈도 있지만 단지 평화롭게 살고 싶다는 조금 더 낭만적인 꿈이 가장 크게 자리 잡았다. 언젠가부터 특별하고 완벽한 하루보다 그저 평화로운 하루를 바라게 된건 적지 않은 날을 앓아봤기 때문일 것이다. 다행인것은 앓은 것에 비해서 그리 많이 망가지지는 않았다는 것. 어쩌면 평화로운 게 가장 특별하고 완벽한 거라는 걸 알게 된 후로 진짜 어른이 된 것도 같다. 자극

*

적인 것에만 흥미를 느끼는 둔한 사람도 아니고, 단조로운 평화가 지루해 못 견디겠다며 타락의 길로 들어서는 어리석은 사람도 아니니 그저 평화롭게 살고 싶다는 건 내게 꼭 맞는 바람일 것이다.

어쩌면 어른이라는 건 무채색인 하루에 힘겹게 색을 칠하며 사는 사람이 아닐까 싶다. 힘을 낼 때마다 칠해지는 색들이 세상을 어지럽히기도 하고, 곤란하게도 하겠지만 그보다 세상을 지키는 일이 되는 쪽이 훨씬 더 많을 것이다. 무지개 같던 세상이 사람들이 힘을 내지 않으면 암흑이라는 걸 깨닫던 순간들. 그 순간들이 마냥 알록달록하게 살고 싶던 내게 현실을 가르쳤다. 꼭 알록달록해야 예쁜 건 아니라고. 무채색인 세상에서 어떤 색이라도 가졌다면 그것 참 갸륵한 일이라고. 그건 신념이나 가치관이 살아있다는 뜻이고 어느 쪽으로든 노력하고 있다는 뜻이라고.

어른의 정의는 아직도 어렵지만 처음 살아보는 이 세상에서 이리 씩씩하게 살아내고 있는 것만으로도 제법 기특한 일이다. 그러니 나를 너무 몰아붙이거나

*

탓하지 않고 사사로운 것들에 매달리지도 않기로 한다. 자극적이고 환상적인 것들 대신 보일 듯 보이지 않는 평화를 찾기로 한다. 내게 오는 길이 너무 험난하지 않도록 나의 평화를 넌지시 응원해 주기를. 나이마다 마땅히 해야 할 것들이 있어 허둥대지만 우리는 거뜬히는 아니더라도 기꺼이 받아들이며 사는 제법 근사한 어른이다.

내 세상은 멸망하지 않았다

대뜸 좋은 소식이 듣고 싶었다. 시시한 일상에 가라앉는 중인 사람은 뻐끔댈 필요가 있으니까. 그래서 무작정 사람들에게 좋은 일이 있는지 물어보기 시작했는데 그때 사람들의 대답이 얼마나 소소하고 사랑스러웠는지 모른다. 팔굽혀 펴기를 평소보다 한 개 더했다는 사람, 곧 여행을 떠난다는 사람, 며칠을 괴롭히던 기침이 잦아졌다는 사람, 불면증이 있는데 어젯밤 드디어 잠을 푹 잤다는 사람, 노래를 부르는 중에 꼭 음 이탈 나던 지점을 무사통과했다는 사람도 있었다. 사람들은 갑작스러운 질문에 당황하다가도 금세 재잘거렸고, 자신에게 일어난 좋은 일을 떠올리며 작게나마 기뻐했다.

그렇게 앙증맞고 소중한 이야기를 듣다 보니 내 기

분도 서서히 떠오르는 듯했다. 그래서 나도 그들에게 내 소식을 가볍게 건넬 수 있었다. 어제는 먹고 싶던 과일을 챙겨 먹었고, 미루던 운동도 다녀왔다고. 오늘은 가고 싶은 공연 예매도 성공했고, 카페에서 앉고 싶은 자리에도 앉았다고. 얼마 전에는 이런저런 칭찬도 받았고, 수달을 닮은 구름도 봤다고.

  내 소식을 전하는 일은 사람들의 소식을 듣는 일만큼 좋은 일이었다. 좋은 일이 있는지 물어주는 사람은 흔치 않아서 힘든 일이 있을 때보다 좋은 일이 있을 때 티를 내기가 더 쉽지 않았다. 아쉽지만 내 곁에도 힘든 일이 있을 때 허겁지겁 위로해 주는 사람은 많았지만 좋은 일이 있을 때 달려와 기뻐해 주는 사람은 아주 적었으니까. 게다가 사소한 일이라면 더더욱 재잘거릴 명분이 없기도 했고.

  나는 시시때때로 사람들에게 질문하고 귀여운 자랑도 하면서 살아야겠다. 내 힘듦의 돌파구가 사람들의 좋은 소식이라서, 내 어깨가 무거워질 때면 나보다 더 무거운 사람을 찾아 위안 삼지 않고 더 가벼운 사람을 찾아 그 기운을 따라 내는 사람이라서 다행이다. 꼬이지 않은 마음이 하루를 잘 풀리게 하는 힘이 되어 줄 거라고 믿고 있다.

  아직 내 세상이 멸망하지 않았다는 사실에 안도한다. 이것이 오늘 내가 전할 수 있는 가장 좋은 소식인 듯하다.

이토록 귀여운 사람들

1. 모두 어린아이였다
2. 두 손으로 과일을 까먹는다
3. 뜨거운 건 호호 불어서 먹는다
4. 조르르 줄을 선다
5. 꼬박꼬박 출근한다
6. 물건에 이름을 써놓는다
7. 귀여운 걸 보면 일단 멈춘다
8. 부끄러우면 귀가 빨개진다
9. 눈이 오면 눈사람을 만들고 손 시려한다
10. 잘 때가 되면 베개를 베고 이불을 덮는다

*

벽을 쌓지 않는 여유

숨기고 가르는 쪽보다 보이고 모으는 쪽을 선호한다. 나만 아는 거라고 으스대는 사람 말고, 같이 좋아할 만한 걸 많이 가진 사람이었으면 하는 거다. 이미 사람은 한 명 한 명 고유하다. 누군가 나와 똑같은 물건을 가지고 있거나 비슷한 면을 가졌다고 해서 내가 퇴색되거나 묻히는 건 아니니 나는 조금 더 여유롭게 사람과 가까워지고 싶다. 사람들에게 공감받는 취향과 정서를 가지고 싶은 것이다. 모든 걸 공감받고 싶다는 말도 아니고 고유적인 특성 없이 일률적인 삶을 살고 싶다는 말도 아니지만 왜 같은 옷을 입었냐느니, 내가 먼저 시작했다느니 하며 따지고 싶은 마음이 생기지 않는다는 뜻이다. 나와 어떤 면이라도 닮은 사람을 유독 달가워하는 건 내가 유달리 번거롭거나 어려운 구석이 많은 사람이라서겠지. 부끄럽지만 사실에 가까우니 부정할 마음도 없다.

 공감은 결속력을 만들어 사이를 끈끈하게 한다. 사람과 더없이 가까워지기 위해 벽을 쌓지 않기로 마음먹은 사람은 이리도 허물어져 있다. 최소한의 선만 남겨둔 채로. 그마저도 필요하다면 이쪽으로 넘어와도 된다고 손을 뻗어 주고 싶다. 그렇게 나는 공감할 구석이 많은 사람, 그러니까 스며들기에 좋은 사람으로 살고 싶다. 나 또한 누군가에게 스며들며 살고 싶고. 그게 내 여유일 것이다.

 "나도 그래. 당신이 좋으면 나도 좋아." 그런 말을 잘하는 사람으로 살고 싶다. 내내.

*

누추한 감정

사람이 가질 수 있는 감정 중 질투가 가장 누추하다고 생각한다. 성실하게 살다 얻은 결과물이나 노력해서 얻은 자리를 특혜라고 오해하거나 나의 값어치보다 더 큰 평가, 더 큰 사랑을 받고 있다고 생각하는 사람들이 종종 있다. 그들의 삐뚤어진 생각과 시샘에 동의한 적도, 동요된 적도 없었다. 다만 억울함에 사로잡혀 사실을 일일이 짚어가며 해명하고는 했는데 그러다 보면 그들의 미성숙함에 고통받는 일이 억울해지는 거다.

물론 내게도 남들 가진 건 무조건 갖고 싶어 생떼를 쓰던 시절이, 남들 하는 건 모조리 하고 싶어 애를 태우던 시절이 있었다. "요즘 이런 건 다 해" 그 말이 나를 독촉했다. 나만 빼고 다 한다고? 세상에. 그 말은 이것도 저것도 나만 없다는 말. 사람들은 다 어떤 재테크나 모임을 하나씩은 하고 있는데 나만 아무것도 하지 않고 있다는 말로 들려서 불안감과 불쾌감이 동시에 느껴졌다. 하지만 그건 정말로 '느낌'에 불과했다. 어설픈 재테크는 오히려 안 좋은 상황을 만들기도 했고 모임을 통해 상처받는 사람들도 많았으며 남들이 가진 거, 하는 것 중 내게 꼭 맞는 걸 찾는 건 쉬운 일도 아니었다. 아무리 싸게 파는 물건이라도 내게 필요 없는 물건이라면 사지 않는 게 현명하듯 누군가 아무리 좋은 물건과 경험을 가졌다고 해도 내게는 소용없을 수 있다. 그렇다면 누가 얼마나 자랑하며 함박웃음을 짓든 나는 시샘이나 무력감을 가질 필요가 없다는 뜻.

세상에는 나보다 뛰어난 사람들이 늘 존재한다. 내가 하지 못하는 일을 해내고, 내가 사랑받지 못한 사람에게 사랑받고, 내가 가지지 못한 것들을 모조리 가지고 있는 것 같은 사람들. 그들을 마주할 때마다 사무치게 부러웠던 건 사실이지만 미워하거나 증오한 적은 없었다고 그들 앞에 고개 들고 말할 수 있다.

*

안다. 세상에는 아무 고통 없이 사는 사람도, 부족한 부분이 없는 사람도, 원하는 전부를 가진 사람도 없다는 걸. 그들도 어떤 결핍과 어려움을 함께 가지고 있다는 걸. 우리가 무슨 초인적인 힘으로 세상 모든 걸 갖고 모든 걸 해내고 살 수 있을까. 우리가 정말로 안정을 찾을 수 있을 때는 자신을 존중하며 자신에게 잘 맞는 삶을 살 때가 아닐까 싶다. 세상에 펼쳐진 것 중 내게 꼭 맞는 것, 내가 잘할 수 있는 일을 부지런히 찾는 것. 그리고 그것들을 하나씩 써가며 나를 키우는 일. 그것이 내가 생각하는 완전에 가까운 삶이다.

누군가 당신을 시기하고 미워하며 툭툭 건드려볼 때는 당신이 지금 잘 되고 있다는 것을 알아둬야 한다. 당신이 차곡차곡 쌓였기 때문에 깎아내리려는 사람들이 덕지덕지 들러붙어 있다는 것을, 당신이 그들보다 조금 더 가득 차 있다는 것을 알아둬야 한다. 만약 당신이 그들에게 어떤 복수도 하지 않은 채 완성되는 복수를 보고 싶다면 당신을 불쾌하게 하고 소외시키는 사람에게 받은 부정적인 영향은 과감하게 내치고 그 사람을 더 이상 입에 올리지 않아야 한다. 다만 거리를 두고 전보다 더 큰 성취를 이루기를 바란다.

반대로 당신이 누군가 얄밉고 부러워 미치겠을 때는 지금 내가 몰아내야 할 것이 그 사람인지 괜한 질투심인지 재빨리 알아차려야 한다. 질투는 눈앞을 흐리게 만들고 시야를 좁아지게 하니 질투에 매몰된 사람은 본질을 보기 어렵다. 지금 생각해야 할 것과 해야 할 일이 무엇인지, 나를 위한 일과 타인을 위한 일, 곧이곧대로 믿어도 되는 마음과 불순한 의도까지도. 이 중요한 것들을 어느 하나 똑바로 판단할 수 없게 만드는 감정이니 선보다 악에 가까운 감정일 것이다. 물론 질투가 가장 솔직한 감정이라는 데에도 동의하고 자신의 마음을 들여다보고 성장할 기회를 주는 건강한 질투가 있다는 것도 인정한다. 하지만 숨 막히는 편견과 못된 심보에 사로잡혀 누구라도 못살게 굴게 된다면 그 감정과 치열하게 싸워야 한다고 말하고 싶다. 내 안에 누군가를 헤칠 수 있는 마음이 자리 잡으려 할 때는 거세게 몰아내야 하는 거니까. 그것이 당신의 성숙함일 것이다.

부디 누군가 당신을 우러러봤던 순간이 누추해지지
않기를 바란다.

*

환대는 기회와 잘 어울린다

　무언가를 시작하려면 내게는 항상 시간이 필요했다. 그때마다 의지가 부족하다거나 간절하지 않은 이유가 아니라 오히려 그 반대의 이유가 내게 시간을 부탁했다. 잘하고 싶은 마음과 앞선 걱정은 내게 겁을 잔뜩 먹도록 강요했고 모든 일을 완벽하게 준비된 상태에서 시작하라며 발목을 잡아끌었다. 하지만 완벽한 타이밍이란 건 어디에도 없었고 기회는 오래 기다려주지 않았다. 그 사실을 숱한 경험으로 이미 깨달았어도 내가 겁이 많은 사람인 건 여전해서, 이 책의 집필을 시작하기 전까지 복잡한 마음을 닮은 시간이 울렁거리며 흘러가는 것을 목격해야만 했다.

　출판사에서 원고를 요청하는 연락이 왔을 때 온 감각이 널을 뛰다가 이내 고질병처럼 두려움이 몰려왔다. 언젠가 출간하겠다는 목표는 굳게 세워뒀지만, 당장이라는 단어와는 어울리지 않는 목표라서 예상보다 빨리 온 기회가 얼떨떨하기보다 무서웠던 거다. 무엇보다 준비해 둔 글이 없었다. 아무것도 없는 상태에서 집필을 끝내기까지 기간이 얼마나 걸릴지 가늠할 수도 없었고 모든 일에는 책임이 따른다는 것을 알기에 당장 내가 감당할 수 있는 일이 맞는지 확신할 수도 없었다. 그래서 내 몸의 몇 배나 되는 부담감에 꼼짝 못 한 채 짓눌렸다. 그런 연유로 한동안 답장도 미루다 '다음에 기회가 되면'이라는 말을 썼다가 지우기를 반복했다. 그렇게 시작하기도 전에 포기를 들었다가 놓기를 반복하고 있었던 거다.

"내가 할 수 있을까?"

주위 사람들에게 묻고 나에게도 물었다. 누구는 준비가 되고 나서 시작하는 게 좋을 거라고 나를 잡았고, 누구는 당장 그 기회를 잡으라고 나를 밀었다. 그리고 나는 혼란 속에서 나를 꺼내 지난날을 똑똑히 돌아보라 했다.

책을 읽기만 하던 사람이 언젠가부터 혼자 끄적거리기 시작했다. 그러더니 또 언젠가부터는 글쓰기 강의를 다니며 글을 배우기 시작했다. 그러다가 소장용 책이 생겼고 공모한 시가 뽑혀 공저 시집에 참여하게 되었다. 더 나아가서는 오래전부터 선망하던 작가님들을 직접 찾아뵙기도 했다. 그들의 이야기를 들으며 작가의 꿈을 점점 더 선명하게 키웠다. 아무 준비도 되어있지 않다고, 이제야 시작이라고 생각했지만, 나는 예전부터 이미 시작한 듯했다. 그렇게 나를 믿어줄 결심을 했다.

결국 포기라는 위험에서 나를 구제한 것은 나를 믿어주는 마음이었다. 나와는 먼 이야기 같던 일이 실제로 눈앞에 와있다면, 그 일이 내가 바라왔던 거라면 무조건 잡아야 한다는 확신도 생겼다. 내가 잊고 있던 건 나는 느리더라도 꾸준히 나아가는 사람이라는 것. 그토록 오래 고민했다는 게 미안할 만큼 생각보다 성실한 사람이라는 것.

그렇게 생각을 정리한 후 출판사에 최대한 빨리 써

서 드리겠다는 연락을 마치고 드디어 글을 쓰기 시작했다. 막상 집필을 시작하니 쓰고 싶었던 소재가 단박에 생각났다. 주제를 잡고, 작가 소개를 쓰고, 목차를 간단히 정리했다. 그러면서도 온 감각이 요란이었다. 고민한 시간이 이토록 무색해지다니. 우습지만 그것마저 좋았다.

막상 시작해 보면 충분히 해낼 수 있는 일이 차고 넘친다. 시작하지 않으면 다음을 알 수 없고 괜한 걱정은 많은 것을 놓치게 하니 우리는 일단 시작해야 한다. 다수의 만류에도 나를 믿어주는 사람 몇 명만 있다면 무슨 일이든지 해 볼 만할 것이다. 그중 한 명이 나라면 더할 나위 없을 테고.

당신도 원하는 일 앞에 자꾸만 뒷걸음질 치고 있다면 당신을 조금 더 믿어줬으면 좋겠다. 그동안의 노력이 이제 때가 됐다고 찾아왔을지도 모를 일이니.

우리는 기꺼이 맞이해주면 된다.
환대는 기회와 잘 어울린다.

*

문학을 빌미로

유독 눈길이 오래 머무는 것들이 있습니다. 떨어지는 꽃잎을 받아내는 손, 이마에 올린 물수건, 잘 정리된 길가, 머리맡에 둔 물컵 같은 것들입니다. 이것들은 제가 짓고 싶은 문장을 닮았습니다. 유독 다정한 것들을 시시때때로 눈에 담았다가 가득 찰 때쯤 글에 옮겨 담고 싶었습니다. 제게 그런 재주가 있기를 간절히 바랐습니다.

밥을 짓듯 글을 짓는 사람이 되고도 싶었습니다. 다만 너무 뜨겁거나 차갑지 않고 목구멍이 따뜻해질 정도의 온도인 글을 짓고 싶었습니다. 저는 어설픈 인간이니 간혹 설익은 글을 쏟아내기도 하겠지만 흰 종이 위에 가지런히 떠 놓으면 영 삼킬 수 없을 정도는 아닐 거라는 자신도 있었습니다.

문학을 빌미로 가끔은 거창한 아픔을 꺼내놓는 일
이 죄송스럽기도 합니다. 하지만 제게 문학은 깨진 유
리창 너머로 나뭇가지가 들어와 기어코 돋아난 잎을
보여주는 일과 비슷합니다. 제 글이 언젠가는 누군가
의 창을 두드리고 또 언젠가는 그 너머를 조심히 넘
어 방 안에 불을 꺼준다거나 켜줄 수 있기를, 이불을
덮어주거나 개어줄 수 있기를, 거울 앞에 세운다거나
등을 밀어줄 수 있기를 바라는 마음은 제 아픔보다
거창합니다.

 저는 그런 힘으로 글을 쓰는 사람입니다. 누군가의
고른 호흡을 바라며 짓는 글이 해롭지는 않을 거라는
믿음으로 글의 심성을 앞세워 편지 같은 글을 쓰고
있습니다. 불특정 다수에게 편지를 쓰는 일은 불특정
다수의 행복을 바라는 일. 제 생애 이리도 반듯하고
깨끗한 정성을 쏟는 일이 또 있을까 싶습니다.

 만만치 않은 꿈을 품고 살아가니 그 무게가 무겁습
니다. 하지만 스스로 짊어지기로 한 것을 짐이라고 부

*

를 수는 없을 겁니다. 어떤 무게를 짊어지고서라도 세상이 차갑게 식어가도록 내버려두지 않는 사람들 속에 섞여 살고 싶습니다. 저는 마땅히 제가 서야 할 곳을 알고 있습니다.

사치보다 가치

원체 물욕이 별로 없다. 핸드폰은 완전히 먹통이 돼야만 새 걸로 바꾸고 비싼 옷은 옷장을 아무리 뒤져봐도 좀처럼 찾을 수가 없다. 명품 가방이나 신발을 모으는 취미는 더더욱 없다. 어쩌면 줄곧 형편이 풍족하지 않아서 욕심을 낼 여유가 없는 걸지도 모르겠지만 굳이 넘치게 소유해야 할 이유도 찾지 못했다.

나는 허영 없이 내 형편에 맞게 살 줄 아는 나를 기특해하며 산다. 그건 나의 능력과 한계를 얕잡아보거나 굴복하며 산다는 뜻이 아니라 그때의 상황과 위치를 또렷하게 알고 잘 대처하며 산다는 뜻일 거다. 물론 항상 부유해서 어떤 물건이든 척척 살 수 있다면 더없이 기쁘겠지만 그게 아니라면 당장 형편에 맞지 않는 물건을 무리해서 사는 것도 별로고 사람이 물건에 휘둘리는 건 더 별로라고 생각하는 사람이라서, 특별한 사연이나 애정이 있어서 쓰지 않고 모으는 걸 취미로 두는 사람들을 제외하고는 단지 소모품을 애지중지하는 사람들의 마음을 잘 이해해 주지 못했다. 이건 지금의 내 한계이거나 부족함 때문일지도 모른다. 하지만 다시 생각해 봐도 몇백만 원짜리 가방을 사 놓고 아끼느라 자주 들지도 못한다거나 바닥에 내려놓을 때마다 아주 조심조심한다거나 비가 오는 날 온몸으로 가방부터 가리는 것처럼 물건을 용도에 맞게 쓰지도 못하고 벌벌 떠는 태도는 정말이지 멋이 없게 느껴질 뿐이다.

대신 사람의 가치에 대해서는 잘 이해하고 있다. 나라는 사람이 그 무엇보다 값진 존재라는 걸 알고 있고, 어떤 상황에서도 그걸 잊지 않으려 노력하며 살고 있다. 이를테면 비싼 화장품을 사는 것보다 피부과를 다니는 게 낫다는 생각, 이미 충분한 영양제를 더 늘리기보다 헬스장에 다녀야 한다는 생각, 일할 때는 예쁘지만 발이 불편한 신발보다 투박하더라도 발이 편한 신발을 신어야 한다는 생각이 있다. 이처럼 나는 꾸미는 쪽보다 가꾸는 쪽이, 그러니까 당장 눈을 가리는 쪽보다 근본적인 문제를 해결하는 쪽이 더 합리적이라고 생각하는 사람이다.

나에 대해 조금 더 이야기하자면, 더없이 사랑하지는 않더라도 적당히 괜찮은 사람과 결혼해 안정을 이루는 것, 머무르고 싶지 않은 모임이나 자리에서 친목이나 이익을 위해 억지로 시간을 보내는 것, 해야 할 일만 하느라 하고 싶은 일은 전혀 하지 못하고 사는 것, 나보다 타인을 우선순위에 두고 평생을 희생하는 삶 같은 건 정말이지 자신이 없는 사람이다. 이런 태도는 자꾸만 나를 이기적으로 만들고 때로는 상황을 어지럽게 만들기도 하지만 자신을 먼저 생각하는 태도가 나쁠 리 없다는 생각은 한 번도 변함이 없다. 남에게 피해를 주지 않는 선에서 나의 행복을 우선시하는 것은 그 누구에게도 비난받지 않을 권리라고 생각하기 때문일 거다.

인생은 자꾸만 줄어드는 모래시계와 같다. 다만 다시 뒤집을 수도 없고 새로 살 수도 없으니, 정신을 바

*

짝 차리고 살아야 한다. 각자 삶을 살아가고 사랑하는
방식은 다르겠지만 소모품에 너무 많은 정성을 쏟아
붓거나 타인을 위해 당신의 시간을 몽땅 써버리지는
않았으면 좋겠다. 당신이 사치보다 가치에 대해 더 골
똘히 생각하는 사람이었으면 좋겠다.

　살다 보면 포기해야 할 것이 점점 늘어간다. 하지만
다 내려놓고도 가장 마지막까지 손에 쥐고 있어야 할
것은 당연히 당신의 인생이어야 한다.

메모장

　누군가의 생일, 해야 할 일과 하지 못한 일, 잊지 않아야 할 전화번호, 전하고 싶었지만 전하지 못한 말, 당장 이룰 수 있는 일과 오래 꿈꿔온 일, 활자로 붙잡아 둔 순간들, 기계 청소법, 청 담그는 법, 렌즈 교체일, 읽고 싶은 책들의 제목, 누군가의 이름.

좋은 사람의 정의

좋은 사람의 정의는 사람마다 다르겠지만, 제게 좋은 사람은 저와 결이 잘 맞는 사람이었습니다. 좋고 나쁨의 기준을 사회적 가치를 떠나 저의 가치에 맞출 수 있다면 그건 저와 잘 맞는지 아닌지에 달렸다고 생각했습니다. 그래서인지 길도 모르면서 취향과 가치가 비슷한 사람을 찾아 헤맸습니다. 어느 쪽으로 가든 막다른 길은 아닐 거라는 어떤 확신이 있었던 것도 같습니다.

간혹 발맞춰 걷고 싶지 않은 이들과 걸어야 할 때면 곤욕스러웠어요. 귀 막은 채로 자기 이야기만 떠드는 사람, 남의 불행을 곱씹으며 안도하는 사람, 누군가를 밟아야만 올라설 수 있다고 믿는 사람, 자신은 늘 피해자이기만 한 사람, 하지 못할 이유가 한 번도 떨어

*

지지 않는 사람까지. 그들은 저를 자꾸 부정적인 방향으로 끌고 가려 했고 저는 그들의 손을 놓으려 애를 쓰는 시간을 종종 보낸 겁니다.

제가 함께 걷고 싶은 사람들은 한 사람만의 잘못으로 그르치는 일은 없다는 것을 알고 탓할 사람을 찾지 않았고, 누군가 부족한 모습을 보여도 무시하지 않고 존중할 줄 알았고, 다른 사람의 생각을 경청하고 좋은 것만 골라 받아들일 여유가 있었습니다. 사람을 대하는 태도는 삶을 대하는 태도와도 같아서 그들은 역경에도 무너지지 않았고, 다른 사람에게 휘둘리지 않았습니다. 그런 그들을 발견해 밀도 높은 대화를 하고 취향을 공유할 때면 어떤 풍요를 느낄 수 있었습니다.

저는 여전히 저의 안목을 신뢰합니다. 물론 제게 좋은 사람이 꼭 모두에게 좋은 사람은 아니듯 저 또한 누군가에게는 좋은 사람, 누군가에게는 나쁜 사람이라는 것을 알고 있습니다. 해를 거듭할수록 취향과 가치관이 변하기도 합니다. 다만 악해지지 말자는 다짐

*

과 사람을 미워하지 말자는 각오는 내내 변하지 않는
저의 근성이었습니다.

끊이지 않는 각오를 하며 어떤 연민을 품은 채로 사
는 사람은 지독하게 못되거나 못난 사람이 되지는 않
을 거라는 믿음을 품고 삽니다. 이 믿음이 저를 좋은
사람의 범위에서 아주 많이 벗어나지는 않도록 붙들
어주고 있는 듯합니다.

*

기꺼이 돕는 쪽

사람은 부딪친다. 꼭 서로를 미워하지 않아도. 서로가 각별하고 끼니를 챙기는 사이라도. 하지만 어떤 이들은 부딪칠 때도 상대가 다치지 않도록 신경 쓰는 일을 미루지 않는다. 그들은 뒤에서 칼을 갈지 않고 앞에서 눈을 가리지 않으며 기준이나 잣대를 중간에 두고 타협의 문을 열어둔다. 그들은 나를 고까워하지 않고 기꺼이 돕는 쪽에 서 있다. 덕분에 나는 닳지 않고도 잘 다듬어지고 있다.

불운을 매듭짓고

몹쓸 습관이 하나 있었다. 원망하는 것. 그런 날이 있다. 땅만 보고 걷다가 길을 잘못 들거나 버스가 도착 예정 시간보다 일찍 도착해 버스를 놓치거나 자신 있던 면접에서 말을 더듬어 면접을 망치거나 예보에도 없던 소나기가 쏟아지는 날. 그런 날에는 모든 게 원망스러워진다. 나도, 버스 기사님도, 면접관님도, 심지어 날씨마저 그렇게 원망스러울 수가 없다. 하지만 살면서 깨닫게 되는 것 중 하나는 불가피한 일은 일어나고야 만다는 것. 그때 먼저 해야 할 일은 되돌릴 수 없는 일을 붙잡고 하는 원망이 아닌 지금 일어난 이 일을 처리할 대책을 찾는 일이었다. 잘잘못을 가리는 건 나중 일이었고 원망하는 건 영영 소용없는 일이었다.

무작정 비관하면 다가올 좋은 일들이 머쓱해진다. 당장은 화나고 억울하겠지만 돌이켜보면 꼭 나쁘기만 한 일은 잘 없다. 잘못 든 길에서 아주 우아한 깃털을 가진 새를 만났고, 다음 버스를 탔기 때문에 자리에 앉아서 목적지까지 갈 수 있었다. 면접에서 탈락한 회사보다 조건이 좋은 회사에 들어갈 기회가 생겼고, 소나기를 피해 들어간 서점에서 두고두고 읽을 책을 발견하기도 했다. 이처럼 세상에는 나쁜 일이 나쁜 일이 아니게 되는 일도 허다하다. 아무것도 알 수 없는 세상이라서 매력적이니 미간에 잔뜩 준 힘을 얼마쯤은 풀어도 좋을 것이다.

　불운이 들이닥쳤을 때는 달리, 그리고 멀리 생각해볼 필요가 있다. 잇따르는 실패와 고통 그리고 삶의 변곡점마다 긍정의 힘을 가져다 써야 한다. 어떤 이는 넘어진 곳에 떨어져 있는 돌멩이를 발로 차 발톱이 깨지고 어떤 이는 넘어진 곳에 피어있는 네잎클로버를 보고 미소를 띤다. 나는 늘 후자를 응원했다. 고통의 수렁에 더 깊이 빠질 것인지 당장 탈출할 것인지는 내가 결정할 수 있다.

*

까만 밤에도 별은 반짝거리고, 무시무시해 보이는 터널에서도 귀여운 고양이가 나와 함께 걸어 줄 때가 있다. '고통과 싸워 이겨라' 같은 이야기가 아니다. 지금 눈앞이 캄캄하더라도 너무 상심하지 말라는 이야기다. 어딘가에는 반드시 빛이 있고 함께 걷고 있는 누군가가 있다. 오늘의 불행만큼 내일의 행운이 기를 쓰고 우리에게 오고 있으니 두 팔 벌려 맞이할 준비를 하자. 세상은 결국 내 편이라는 끈질긴 희망을 말하고 살다 보면 잠시 헤어져 있던 행복과 머지않아 재회할 수 있을 것이다.

흩어질 용기

　잘 모이는 사람들보다 잘 흩어지는 사람들을 좋아합니다. 그들은 현명하고 부지런합니다. 사람들과 적당한 거리를 지키며 지냈고 쫓기듯 누군가와 만날 약속을 잡지 않았습니다. 혼자만의 공간에서 호흡하고 기지개 켤 시간을 자주 마련해 두는 여유가 있었습니다. 제게도 수많은 만남과 수많은 토라짐이 있었습니다. 스치는 인연들과 마주 앉아 밥을 먹었고 머물렀던 인연들과 속절없이 등을 지기도 했어요. 관계라는 건 모였다가도 흩어지고 생겼다가도 사라지는 것이었습니다.

　사람은 사람들에게 둘러싸여 살면서 혼자가 될까 두려워하곤 합니다. 사실 많은 친구를 가질 필요가 없어도 많은 친구를 가지지 못한 것에 절망하고요. 물론 친구가 세상 전부인 시절도 분명히 있습니다. 학창 시절에는 교실에서 짝꿍을 하고 싶다는 사람이 없을까 봐 걱정하고 급식실에서 혼자 밥을 먹게 될까 봐 전전긍긍하고 소풍 가는 버스에서 옆에 아무도 앉지 않을까 봐 밤잠을 설치기도 합니다. 하지만 학교를 졸업하고 사회생활을 시작할 때쯤부터는 친구를 선택적으로 만날 수 있게 됩니다. 사람을 사귀는 일을 선택적으로 할 수 있다는 건 잔인해 보이지만 자신을 위해 할 수 있는 아주 큰 일이기도 합니다.

저장된 전화번호가 많이 없다고 해서 그 사람이 사회성이 없는 것도 아니고 실은 사회나 직장에서 사람들과 꼭 가깝게 지내야 할 이유도 마땅하지 않습니다. 직장이라는 건 일을 하고 돈을 벌러 가는 곳이지 친목을 다지러 가는 곳이 아니라는 건 사회에 나와보면 다 알게 되는 사실일 겁니다. 물론 직장 밖에서도 여전히 좋은 관계를 유지할 수도 있고 학창 시절에 사귄 친구보다 더 돈독한 사이가 될 수도 있겠지만 그렇지 못했다고 해서 이상한 게 아니라는 겁니다.

*

저는 사람을 좋아하길 타고나기라도 한 듯 사람과 함께인 순간을 좋아합니다. 하지만 그렇다고 혼자인 순간을 혐오하지도 않아요. 친구가 많다고 행복한 것도 아니고 친구가 적다고 불행한 것도 아니라는 걸 아프게 깨달은 덕분에 관계에 얽매이지 않으면서 새로 오는 사람을 받아들이려 노력하는 나날을 보내고 있습니다. 관계 속에서 제가 신경 써서 해야 할 일은 곁에 있는 사람의 수를 세는 일보다 이름표를 보는 일이었어요. 그리고 나란한 관계는 어렵다는 것을 인정하고 서운함을 핑계로 탓하거나 섣불리 선을 긋지 않는 일이었습니다.

관계에 너무 매달리지 않아도 된다는 이야기를 전하고 싶었습니다. 우리는 모두 독립적인 존재이고 어떤 관계를 선택할 수도, 선택하지 않을 수도 있는 거니까요. 잘 모이는 것보다 중요한 건 잘 흩어지는 거예요. 여럿인 순간에 최선을 다했다면 이제는 혼자인 순간에도 최선을 다하면 됩니다. 그러니 소속에 대한 집착은 과감히 생략해도 좋을 거예요. 소속감보다 더 귀한 건 자존감일 테니까요.

70

채비를 마치고

 세상에 오염되는 것 같았다. 나를 지켜줄, 깨끗하고 안전한 곳은 어디에도 없는 느낌. 그 느낌 때문에 잠시 결벽이 생기기도 했다. 나를 포함한 모든 게 지저분해 보였고 그럴수록 나는 더 예민해졌다. 그럴 때마다 여과하지 않고 내놓는 감정이 어쩌면 이 세상을 오염시키고 있는 건 아닐까 하는 생각마저 들어서 나는 박박 씻고도 더럽혀진 채로 추락하는 밤을 보냈다.

 이 오염된 세상에서 살아남을 방법은 나도 얼만큼은 얼룩진 채로 적당히 수긍하고 사는 걸 거라고, 그래야 면역도 생길 거라고 그렇게 생각했다. 그런 씁쓸한 생각이 나를 집어삼키려 할 때쯤 그들을 발견했다. 맹물 같은 사람들. 속이 훤히 다 보이는 것은 부족하거나 미련해서가 아니었다. 너도나도 하나씩 챙겨두었다는 가면이 그들 주머니에는 없는 모양인지 그들은 표정이나 감정을 숨기는 데 늘 어려움을 겪었다. 사회에서 속이 훤히 보인다는 건 상당히 위험한 일이기에 아마도 세상이 남들보다 몇 배는 더 어려웠을 것이다. 세상이 탁한 이유로 맑은 것은 오히려 눈에 잘 띄어 공격받거나 돌연변이가 된다. 그런데도 세상과 타협하지 않고 필요하면서 불필요한 무언가를 꿋꿋하게 걸러내며 사는 그들이 어찌나 존경스러웠는지.

얼마 전에 만난 친구도 그런 부류였다. 색으로 치자면 초록이나 파랑에 가까웠다. 그 친구는 나뭇잎과 물방울을 좋아했고, 눈을 감고 바람을 맞거나 하늘을 올려다보며 구름의 움직임을 지켜보는 사람이었다. 연락한다고 했으면 연락했고, 온다고 했으면 왔다. 빙빙 돌려 말하기보다 원하는 것을 똑바로 이야기했고, 스스로 말과 행동을 자주 돌아보고 참회했다. 조금 덤벙대는 것은 애교 수준이라 미움이 근처에도 가지 못했다.

친구는 사람들에게 종종 싱겁다거나 물렁물렁한 사람, 지루하다거나 헛똑똑이 같은 말을 듣는다며 야무지지 못한 것이 서럽다고 한탄하고는 미간을 찌푸렸는데, 본인에게는 대단히 진지한 고민이었겠지만 나는 그 모습이 귀여워서 입꼬리가 실룩거리는 바람에 괜히 손바닥으로 입 근처를 문질러 댔다.

그날 친구의 푸념을 그저 오래 들었고 때로는 천천히 고개를 끄덕여주었다. 실은 나 또한 아주 야무지거나 세상과 잘 어우러져 사는 사람은 아니기에 대단한 해결책을 가진 건 아니었지만, 나와 그 친구가 비슷한 심성을 가졌다면 내가 그 친구를 얼마나 존중하고 예뻐하고 있는지 충분히 느낄 수 있었을 거라 믿었다. 나는 그 친구의 근사한 투명함을 눈여겨봤고 사소한 습관과 말투, 걸음걸이, 눈빛 같은 것들이 엄하고 험한 것들에 물들지 않기를 바랐다. 투박하고 텁텁한 이 세상이 말라 죽지 않는 것은 아마도 그 친구처럼 맹물을 닮은 사람이 아직 여럿 남아있기 때문이라는 생각이 든다.

그들은 자꾸만 오염되려는 내 삶을 정화하고 고장 나려 삐걱대는 나를 고친다. 나는 매일 잊지 않고 그

*

들을 사랑할 채비를 해두는 것으로 고마움을 대신하
기로 한다.

진실의 감도

가짜가 진짜보다 오히려 더 정교할 때가 있다. 예를 들면 둘러대는 것이 실토하는 것보다 더 진실 같을 때가, 터무니없는 꿈이 눈앞의 현실보다 더 현실 같을 때가, 사사로운 것을 섞어 만들어낸 마음이 순수한 마음보다 더 순수해 보일 때가 있듯이. 다만 정교한 가짜는 너무 정교해서 부자연스럽다. 사람은 완벽하지 않아서 자연스럽듯 모든 건 어딘가 허점이 있을 수밖에 없다고 생각하는 나는 치밀한 것들을 경계해 왔다. 지나치게 완벽해 보이는 것을 몇 번쯤 의심하고 어딘가 허술해 보이는 것을 몇 번쯤 더 믿어보는 것. 그것이 내가 진짜를 찾는 방법이었다.

중심을 잡는 일

나는 이중적인 인간이다. 늘 생명을 생각한다는 이유로 화분을 살 때도 한참 고민하면서 꽃 한 송이 선물에 가장 설레는. 같은 이유로, 동물원이나 승마는 싫어하면서 고깃집에 갈 약속이라도 잡히면 콧노래를 흥얼거리며 준비한다. 또 지구가 걱정된다면서 봉지와 집게를 챙겨 나가 길가에 널브러진 쓰레기를 주우러 다녀놓고 일회용품은 거리낌도 없이 사용한다. 나열하고 보니 더 기가 막힐 노릇이다. 사람은 이럴 수 있는 것인지, 아니면 나라는 인간이 이런 것인지 모르겠지만 어쨌든 우습고 어지러운 일임은 틀림없어 보인다.

생각이 점점 촘촘해진다. 나는 어떤 걸 좋아하고 어떤 걸 싫어하는 건지. 어떤 게 선명해지고 어떤 게 흐

릿해져 가는 건지. 어제의 나와 오늘의 나는 같은 사람이 맞는지. 이런, 생각이 꼬리를 물고 기어이 생사까지 간다. 사람은 죽기 위해 사는 건지 살기 위해 죽는 건지. 그렇다면 사람은 살아가는 건지 죽어가는 건지. 삶은 불행이자 행복이며 세상은 천국이자 지옥이니 이 세상에 떨어진 내가 이중적인 것은 어쩌면 당연한 거라고 스스로 면죄부를 주면, 이 혼란은 사라지는 건지.

엉망이다. 이리도 수많은 물음에 나는 언제쯤 속 시원히 대답할 수 있을까. 분명하고 강단 있는 사람이 되고 싶은데 가끔은 이리도 속절없이 희미해진다. 어떻게 살아야 하는 건지 여전히 어렵지만, 아직 살아있으니 그걸로 되었다고. 뒤죽박죽인 생각과 엉망인 하루라도 성실히 이어지고 있으니 그걸로 되었다고 억지로 마음을 쓸어 내려본다.

되짚어 봐야겠다. 나는 꽃과 눈을 맞추는 사람인지, 꽃을 꺾는 사람인지. 수화기 너머 목소리에 펑펑 울 줄 아는 사람인지, 전화를 끊고 마는 사람인지. 나무를 심는 사람인지, 나무에 기대어 사는 사람인지. 하늘을 올려다보는 횟수와 땅을 내려다보는 횟수 중 어느 쪽이 더 많은 사람인지. 사람에게 실망했을 때 울분을 토하는 사람인지, 입을 다무는 사람인지. 혼자 보는 영화가 좋은지, 둘이 보는 영화가 좋은지. 팔베개를 좋아하는지, 솜 베개를 좋아하는지 같은 것들을.

주어진 물음들을 하나씩 해결해 나갈 때 그만큼씩 내게 다가갈 수 있는 거겠다. 그것이 삶의 중심을 잡는 일이며 다른 사람을 향해 비틀거리지 않고 걸어갈 방법이겠다.

나를 구할 방법

　바쁘지 않으면 불안했다. 하루를 꽉 채우지 않는 나태함이 몸서리치도록 싫었다. 매일 30분이라도 운동하겠다며 헬스장을 등록해 놓고 가지 않는 날의 내가, 언젠가는 먼 나라에 사는 이들과 유창하게 대화하고 말겠다며 영어 공부를 시작해 놓고 바쁘다는 핑계를 대며 하지 않는 날의 내가 얼마나 한심했는지. 쉬어가는 시간에도 바쁘게 쉬어야 할 것만 같은 기분에 쫓겨 온전히 쉴 수도 없었다. 하지만 이렇게 아등바등 바지런을 떨어도 미처 다 끝내지 못한 일이 남아있고, 실수가 존재하니 아무 걱정 없이 하루를 마무리하기란 불가능에 가까워 찝찝하게 잠들곤 했다.

　나는 내가 애처롭다. 완벽할 리 없는 평범한 인간일 뿐인데 완벽한 일상을 바라는 미련함에 쫓겨 자주 숨

이 찼다. 잘하고 싶다는 마음, 인정받고 싶다는 마음
에도 '적당히'가 필요하다는 걸 모르지 않는데 무작
정 잘하고 싶었다. 내게 기대치가 높다는 건 나를 사
랑한다는 의미도 되지만 나를 괴롭게 하기 쉽다는 의
미가 되기도 했다. 내가 나를 쫓아오면 도망갈 곳도,
숨을 곳도 없다. 이런 곤란한 상황이 매일 반복되면
피폐해져 버리고 말 거라는 건 정해진 결과. 내게는
나를 구할 방법이 필요했다.

 일단 인정부터 해야 했다. 달기만 한 하루는 없다는
걸 인정하고, 오늘의 목표를 다 해내지 못할 수도 있
다는 걸 이해하고, 아프거나 버거울 때는 나를 보살
피는 게 먼저라는 순서를 깨닫고, 단단한 나를 만들
기 위해서는 부드러운 마음이 필요하다는 걸 잊지 않
아야 했다. 그리고 치열하게 사는 만큼 치열하게 나를
사랑해야 했다. 그러면 치열하게 살아도 나를 해치지
않을 정도의 강도로 살 수 있을 테니까.

 해야 할 일에 압도당해 허우적대는 나를 구하며 사
는 건 마땅히 내가 해야 할 일. 바빠도 케이크 한 조각

*

을 입에 떠먹이고 커피 한 모금을 준다. 아주 큰 마트 대신 구석진 곳에 자리 잡은 시장에 가서 채소를 한 봉지 사 오거나 최대한 천천히 걸으며 산책하게 한다. 그렇게 내가 여기 있다는 인기척을 낸다.

쫓기듯 사는 건 성실하면서 나태한 일. 정상에 오르기 위해서는 가만히 세상을 돌아보며 쉬어가는 시간도 필요하다. 그 시간이 나를 다시 생생하게 살아나게 할 것이다. 나는 지금 꾸물거리는 게 아니라 꿈틀거리고 있다.

*

일기

짓누르는 책임감과 날아가 버린 포부 같은 것들이 우울해야만 정당한 듯 나를 밀어붙이고 있다. 남들이 모르는 비밀과 나만 모르는 비밀 사이에서 자꾸만 진실을 잊어가고 있다. 언젠가부터 당연해져 버린 불합리에 도태되고 있는 순수함은 나를 안쓰럽게 바라보지만, 나는 대외적으로 별일이 없다. 사람들은 별일 없어 보이는 사람을 어른이라 불렀고, 나는 오늘도 무사히 어른인 채로 하루를 보냈다.

*

혼잣말까지 다정한 사람

"망했다. 나는 망한 것 같아."

그날 내가 뱉은 마지막 말이었습니다. 해는 넘어가고 바닥은 차갑고 나는 쓰러지듯 앉은 채였습니다. 참담한 하루였어요. 공기마저 나를 해치는 듯해 숨쉬기도 버거웠던 날. 카페인 없이는 버틸 수 없다며 온종일 커피를 달고 산 탓에 혈관에서도 커피가 도는 것 같았던 날. 억지로 또렷하게 하루를 버텨냈으니 입 밖으로 비극이 나오는 건 어쩌면 당연했습니다.

생각해 보면 이건 증상에 가까웠어요. 아파서 나도 모르게 튀어나오는 소리. 하지만 망했다는 말은 저주와 같아서 나를 더 아프게 할 것이 분명했습니다. 그렇게 자기연민을 닮은 인정과 자신을 해치는 미련함이 내 것일 리가 없다는 자책을 닮은 부정으로 한참을 정직하게 앓았습니다.

　나의 서사에 야속함, 요동침, 먹먹함, 침묵, 소모 같은 말들이 적힐 것을 회피하지는 않을 생각입니다. 다만 그것이 나로 비롯되게 하지는 않겠다는 다짐도 함께입니다. 언제든 아파질 수 있겠지만 적어도 자신을 아프게 하는 미련함만은 버리고 싶은 마음일 겁니다. 아프면 아프다고, 힘들면 힘들다고 앓는 소리 좀 내고 살아도 되지만 내가 내게 하는 악담은 나를 사랑하지 않는 일을 성실히 실천하는 방법일 테니까요.

　말은 힘이 셉니다. 뱉은 말은 종종 현실을 뒤바꿀 정도의 힘을 가지고 있어요. 삶을 가장 빠르게 무너트리는 방법은 저주 같은 말을 입버릇처럼 하는 것. 정신을 똑바로 차리지 않으면 어느새 캄캄한 방에서 악랄한 주문을 외우며 온갖 나쁜 것을 휘적이는 마녀가 되어있을지도 모릅니다. 그리고 한데 모인 저주를 들이마셔야 할 사람은 결국 내가 되고 말 거예요.

　인생은 돌고 도는 낮과 밤, 혹은 계절처럼 밝음과 어

*

둠이, 더위와 추위가 떠났다가 돌아옵니다. 그러니 모든 날 좋은 문장만 골라 자신을 속이는 것도 좋지 않은 버릇이겠지만, 과한 걱정과 자기 비하는 악취미이니 나를 해치는 말이 주문처럼 튀어나오려 할 때는 차라리 입을 틀어막는 쪽이 현명할 겁니다.

살다 보면 감내해야 할 것은 많고 마땅히 필요한 위안은 늘 부족해요. 그래서 이제는 내가 나의 위안이 되어 주기로 했어요. 고통은 자주 잊고 희망은 자주 떠올리기로, 삶을 지탱해 주는 문장들을 지어 잘 쟁여 뒀다가 자꾸만 꺼내 보기로 합니다. 어려웠다는 것을 인정하고, 노력했다는 것도, 다음에는 더 잘해보자는 응원도 덧붙이기로 합니다. 무엇보다 나를 미워하지 않기로요. 그렇게 삶의 숙련자처럼 구는 패기를 갖기로요.

아무것도 끝장나지 않았습니다. 비었으면 채우면 되고, 무너졌으면 세우면 되고, 아프면 치료받으면 됩니다. 쉽게 포기하는 버릇 또한 버리기로 합니다. 내일에도 우리의 몫이 있으며 그 안에 자유가 있습니다.

*

나는 우리가 하루빨리 어리석었던 날을 용서하고 저주로부터 자신을 풀어주기를, 뻔한 말들의 힘을 무시하지 않기를, 매일 아침 눈을 뜨자마자 잘 잤다고 말하기를, 창문을 열고 나를 살릴 공기를 깊숙이 들이마시기를, 잘 다녀오겠다고 큰 소리로 말하고 집을 나서서 씩씩하게 걸어가기를 바랍니다. 물론 길을 잘못 들어 낯선 길에서 한참을 헤맬 수도, 밤새워 노력했더라도 상사에게 된통 깨질 수도, 한 달 전부터 기대한 약속이 허무하게 취소될 수도 있지만, 일어나는 모든 일이 반드시 우리의 잘못만은 아니니 잔뜩 기죽을 필요도 없을 겁니다.

나는 혼잣말까지 다정한 사람이 되고 싶어요. 내가 내게 자꾸만 다정하게 굴면 세상도 내게 조금 더 다정해질지도 모르잖아요.

"내 속이 온실이라면 슬픔도 다정하기만 할 텐데."

오늘 내가 중얼거린 마지막 말입니다. 혼잣말까지 다정한 사람은 슬픔과 다투지 않고도 이기며 살 수 있을 거예요. 나는 머지않아 저주에서 풀려날 것이 틀림없습니다.

*

채집

  가시 없는 말들을 채집하며 지냅니다. 나는 그 말들
이 남몰래 얼마나 강해지는지 알고 있습니다. 대책 없
는 희망을 말하는 것은 무책임한 거라고 말들 하지만
그 말에 어떤 힘도 실어주지 않고 흘려보내고 있습니
다. 희망을 품고 사는 시절이 가장 빛나는 시절이라는
것을 사는 내내 깨닫습니다. 나를 살리는 쪽은 늘 무
르고 순한 쪽입니다.

목마른 초록

신록의 계절을 좋아합니다. 늦봄에서 초여름으로 넘어가는 시기에는 창문 너머 그리고 너머의 너머마저 초록이 한창입니다. 햇볕은 적당히 따뜻하고 바람은 적당히 시원합니다. 웃음소리는 공기보다 맑고 어둠은 미처 푸르름을 다 숨기지 못했습니다. 내가 좋아하는 계절은 그런 계절입니다. 봄과 여름 사이. 나는 그 계절을 닮고 싶었습니다. 아름답지 않은 계절은 없지만, 유난히 아름다운 계절은 나를 유난히 열심히 살도록 했고 나는 그게 퍽 좋았습니다.

아무도 물을 주지 않는 숱한 날이 있었어요. 아무리 쨍하고 푸르게 살려고 노력해도 자꾸 고개를 숙이며 시들 거리는 날도, 도저히 웃음이 나오지 않는 날도, 쉽사리 잠들 수 없는 날도 많았습니다. 나를 가장 추하게 만드는 건 조급함이었어요. 여유가 없는 사람은 악해지기 쉬우니 모든 일을 닥쳐서 하는 버릇부터 고쳐야 했습니다. 해야 할 일이 많았어요. 아픔이나 잘못을 인정하는 법과 타인의 잘못을 파헤치지 않고 침묵하는 법을 배워야 했습니다. 세상에서 달아나지 않고 잘 살아내기 위해 뛰는 법보다 일어서는 법을 더 오래 익혔고 이제야 더디게 나아가고 있습니다. 아직 바닥을 보며 걷는 버릇은 못 고쳤지만, 전보다 훨씬 더 허리를 꼿꼿하게 펴고서. 물을 줄 누군가를 기다리는 일도 여전하지만 스스로 물을 주는 방법도 깨달으면서요. 어느 날에는 활자들이 물이 되어 주었고 어느 날에는 씩씩하게 살아보자는 다짐이, 또 어느 날에는 어떤 배움이 나를 촉촉하게 해주었어요. 자주 갈증을 느꼈지만 자주 채워지는 무언가도 있었다는 말입니다.

인생이라는 게 자꾸만 아쉽고 그립고 그럽니다. 다만 그 모든 갈증을 견디고 더 짙어지기 위해 노력하고 있습니다. 이제껏 내가 더 짙어져야 할 이유를 찾느라 분주했고, 이제는 어렴풋이 알 것도 같습니다. 내가 사랑하는 모든 것을 위해서겠습니다. 돌아보면

*

아름답지 않은 것을 사랑한 적 없으니 나와 당신, 그리고 세상은 아직 아름답다는 말이겠습니다.

　나는 어제보다 곱절을 더 해 오늘 나를 사랑하고 있습니다. 그러므로 매일 더 짙어져 갈 겁니다. 이토록 계절과 계절 사이에서 아무도 모르는 노력을 하고 있습니다.

2부

시절은
원망하지
않는다

매듭 없는 꽃다발

첫사랑의 기억은 대낮의 꽃밭 같다
그 꽃밭에서 제일 예쁜 몇 송이를 꺾어
주섬주섬 꽃다발을 만들면 그 애가 된다

매듭 없는 꽃다발을
방 한쪽에 잘 말려두고
우리는 천천히 어른이 된다

묶지 않아도 풀어지지 않고
말라도 부서지지 않는 꽃다발은
그렇게 만들어진다

만개

경계 앞에서 만개해 본 사람은 안다. 한여름의 갈증 같은 마음을. 기적을 바라는 소원을. 꺼낼 수도 없고 불평할 수도 없는 이야기를. 쨍한 아픔을. 아무도 몰래 하는 감내를. 잡지도 못하고 놓아주는 심정을. 조금 더 근사한 사람이 되겠다는 다짐을. 노력으로 만든 우연과 수많은 상상을. 몇 마디로 결정되는 하루의 기분을. 시선 끝에 걸리는 사람을 두고 걷는 걸음을. 고였으나 넘치지 못하는 한계를.

서사

  나이가 들수록 낡아가는 것에 눈길이 머문다. 오래 쓴 협탁 모서리가 궁상맞은 모양으로 벗겨졌다. 조금 벗겨진 걸 그대로 두니 하루가 다르게 죽죽 밑으로 뜯겨나가고 있었다. 그 협탁은 내 나이 스물아홉부터 나와 함께 했다. 그때의 나는 서른이 되기 전에는 기필코 서울로 올라가겠다고 고집을 피웠고, 어느 날 혼자 부동산에 찾아가 겁도 없이 자취방을 덜컥 계약했다. 그때 마련한 협탁이라 나에게는 나름대로 의미가 있어서 버리지도 못하고 그대로 두다 보니 이 지경까지 오게 된 거다. 벗겨진 모서리를 한참 매만졌다. 오래된 물건을 오래 매만지다 보면 기억이 시간의 흐름을 거슬러 올라간다.

어느덧 삼십 대 중반이다. 시간은 속절없이 흘렀고 그동안 나에게도 많은 일이 흘러갔다. 무조건 서울을 고집하다 파산을 목전에 두고서야 얌전히 경기도로 내려왔다. 오래 하던 유아교육을 멈추고 언젠가 카페를 차리겠다며 카페에서 일하기 시작했고, 썼다가 지우기를 반복하던 글을 모아두는 것을 시작으로, 본격적으로 글을 짓는 사람이 됐다. 어릴 때부터 입원한 적이 한 번도 없을 만큼 잔병치레가 별로 없었기에 튼튼하다고 믿었던 건강에는 적신호가 울렸고, 세상에서 내가 그를 제일 사랑할지도 모른다고 생각했던 희대의 내 사랑과는 온전히 작별했다.

시간의 흐름을 타고 다시 미끄러지듯 내려오니 눈앞의 협탁이 더 초라해 보였다. 마음먹은 김에 해치우자는 생각에 폐기물 스티커를 급하게 사와 협탁에 붙였다. 마음은 복잡했지만, 고마웠다는 눈인사를 간단히 하고 이제는 많이 낡아버린 하나의 물건을 정리했다. 속이 후련하지만은 않을 거라는 건 이미 알고 있었지만, 생각보다 더 슬펐다.

사람도 물건처럼 시간이 스쳐 간다. 언젠가 지하철이나 버스에 교통약자석이 너무 많아서 불편하다는 글을 본 적이 있다. 운전에 지레 겁을 먹은 탓에 운전면허증도 아직 없는 나는 평소에 대중교통을 많이 이용하기 때문에 그 글이 무슨 뜻인지 알 것도 같았지만, 안타깝다는 마음이 더 확고하게 자리를 잡고 그 글에 고개를 끄덕이지 못하게 막아섰다. 교통약자석은 사실 우리 모두의 자리라는 것을 많은 사람이 잊고 사는 듯하다. 우리도 언제든 교통약자가 될 수 있다. 사고로 몸이 불편해질 수도 있고, 시간이 지남에 따라 나이가 드는 것은 야속하지만 현실이니. 모두에게 공평하게 흐르는 시간처럼 그 자리 또한 얼마나 공평하게 주어진 우리의 몫인가.

얼마 전 퇴근길에 집으로 가기 위해 버스를 탔다. 다행히도 빈자리를 발견했는데, 앞자리에는 두리번거리며 언니와 재잘재잘 이야기하는 어린아이가 있었고, 뒷자리에는 무릎을 짚은 채 창밖만을 응시하는 어르신이 계셨다. 그들의 가운데에 털썩 앉으며 문득 이런 생각을 했다.

'나는 저 아이였고, 이제 저 어르신이 되어가고 있구나.'

어리지도 늙지도 않은 나이대에 살다 보면 꼭 어렸던 적도 없고 늙지도 않을 것처럼 굴게 된다. 장난감을 사달라 떼쓰는 아이가 그저 시끄럽고, 내 앞을 가로막으며 천천히 걸어가시는 할머니 할아버지는 답답하기만 하다. 하지만 나도 악을 쓰며 울던 어린 시절이 있었고, 뒤에서 아무리 재촉해도 느릿한 걸음을 떼는 노인이 될 것이다. 시간은 반드시 흐르고 우리는 분명히 나이가 든다. 그러니 그저 우리보다 조금 더 일찍 시간이 흐르기 시작한 사람들을, 시린 서러움을 견디고 있는 사람들을 미워할 이유도, 자리를 빼앗긴 듯 억울해할 필요도 없을 것이다.

우리 조금 더 너그러워지자. 벗겨지고 뜯기며 곧이곧대로 낡아가는 사람보다 깊어지는 사람이 훨씬 아름다울 것이다. 앞으로 있을 우여곡절보다 두려운 것은 우리의 서사에 사랑보다 미움이 더 많이 적히는 일. 나는 그런 게 훨씬 절망스럽다.

*

소란한 인연

소란한 인연이 있었다. 우리는 어리고 어려운 시절을 함께 보냈다. 그 애는 슬플 때마다 울며 나에게 전화했고 애타게 내 이름을 불렀다. 나는 그 애의 이야기를 들으며 함께 울기도, 분노하기도 했다. 축하해 줄 일이 생기면 아주 멀리에 있더라도 찾아가 축하해줬고, 진심을 전해야 할 때 늦지 않게 진심을 전했다. 나만큼 그 친구도 나를 아끼고 생각할 거라는, 가장 좋았던 시절의 친분이 쭉 이어질 거라는, 각자의 상황이 바뀌어도 우리의 관계는 굳건할 거라는 믿음이 나만의 착각이라는 건 지나치게 늦게 알아차린 사실이다.

내게도 죽을 것 같은 시련이 덮쳐왔을 때가 있었다. 한두 달을 밤낮없이 울었고, 혼자 끙끙대다 결국 가족과 친구들을 찾아 내가 마주한 현실을 이야기하고 많은 걱정과 위로를 받았다. 당장 내게 달려온 동생도 있었고, 혼자 가기 어려운 곳에 함께 가 준 언니도 있었고, 차분히 괜찮을 거라고 말해준 직장동료도, 같이 눈물을 흘려준 친구들도 있었다. 하지만 그 애는 그 어디에도 포함되지 않았다. 그 애는 내가 무너지는 와중에 힘겹게 걸었던 전화를 끝끝내 받지 않았고 한참 후 다른 지인의 연락으로 내 소식을 듣고 나서야 전화를 걸어와 전화기 너머로 내 아픔을 질책하기에 바빴다.

그때 알았다. 진짜 위로와 가짜 위로가 어떤 건지. 진짜 나를 아끼는 사람과 얕잡아 보는 사람이 누군지. 위로받으면서도 혼자인 기분이 들 때와 함께인 기분이 들 때는 따로 있었다. 얄팍한 위로도 위로고 적은 마음도 마음이라는 것을 안다. 그러니 재고 따지고 싶지도 않고, 준 만큼 돌려받겠다는 다짐 없이 만나는 게 친구니 내가 힘들 때 곁에 없었다고 해서 친구를 원망하지도 않는다. 다만 의도적인 피함과 걱정 없는 질책은 그간의 관계성을 무색하게 만드니 나는 그게 몹시 서글펐을 뿐이다.

*

죽어가던 나를 살린 건 고요하고 섬세한 위로로 나를 차분히 다독거려준 이들이었다. 그들은 윽박지르거나 겁을 주지 않았고 인정하고 받아들이는 법을, 다시 일어날 수 있다는 희망을, 혼자 있을 때도 혼자가 아니라는 걸 깨닫게 했다. 울고불고하던 숱한 밤을 견디고 일어나기 싫어 다시 눈을 감던 아침을 지나 다시 맞이한 아침에, 이불을 곱게 개고 세수할 수 있는 용기를 넌지시 건넸다.

　앞으로도 내 앞에 숱한 어려움이 닥칠 거라는 걸 알고 있다. 그때마다 진짜와 가짜가 나뉠 거라는 것과 기대하고 믿는 사람에게 상처받을 수 있다는 것도 알고 있다. 나는 때마다 아플 것이다. 다만 소리를 줄이고 고요하게 나를 치유하고 싶다. 소란스러운 건 대개 가짜와 가까울지도 모른다는 것을 아프게 배운 덕분이다.

찰나

벚꽃, 낙엽, 비, 먼지, 눈물
떨어져야 할 것이 떨어졌을 뿐인데
서러웠다

기차, 새, 시선, 시절, 당신
떠나야 할 것이 떠났을 뿐인데
초라했다

혼란을 소화하고

　어쩌면 내가 끝끝내 소화하지 못할 혼란은 인간은 지독하게 고집스럽다가도 너무 허망하게 변심한다는 사실이 아닐까. 그러고 보면 나 역시 변한 듯했다. 새 옷을 사면 아껴 입던 옷도 어쩐지 초라해 보여 손대지 않았는데, 이제는 아무리 예쁜 옷을 사도 전부터 아끼던 옷은 변함없이 아낀다거나, 꼭 번화가 중심에서 만날 약속을 잡던 내가 언젠가부터 조용한 동네의 한구석으로 친구를 부른다거나, 양념에 폭 절인 흐물흐물한 탕수육을 좋아해서 늘 내 몫의 몇 개를 집어 양념에 넣어놓던 내가 요즘은 바삭한 탕수육을 즐긴다거나, 걸리적거리는 게 싫다며 끼지도 않던 반지가 지금, 이 글을 쓰고 있는 내 손가락에 끼워져있다는 게 고개를 갸웃거리게 한다.

곱씹어 본다. 내가 변한 게 맞나. 나는 오랜 고민 끝에 내게 그저 또 다른 면이 생긴 거라는 결론을 내렸다. 밖에 나가고 싶은 날도 있고 집에만 있고 싶은 날도 있는 것처럼. 혼자 밥을 먹거나 혼자 떠나는 여행은 꿈도 꾸지 않던 사람이 어느 날에는 훌쩍 떠나서 혼자 밥을 먹고 돌아올 수도 있는 것처럼. 나는 그저 이것도 저것도 좋아지고 있을 뿐이라고. 그렇게 점점 넓어지고 있을 뿐이니 이 혼란을 자연스럽게 받아 들여보기로 했다. 애초에 변했다고 해도 상한 게 아닌데 나는 이런 고민을 왜 시작했던 걸까.

또 다른 고민이 깊어진다. 혹시 내가 누군가의 순간적이고 단편적인 모습만 보고 한 사람을 재단하고 판단했던 건 아닐까. 게으르던 사람이 아침부터 한강을 달리거나 마감 기한 한참 전에 일을 끝내 놓은 건 희한한 일이 아니고, 우산을 색깔별로 사 놓고 비 오는 날만 기다리던 그녀가 비 오는 날을 싫어하게 된 건 이상한 일이 아닌데. 이별 후에 아무렇지 않다고 밥만 잘 먹던 그가 뒤늦게 캑캑대며 밥 한술 삼키지 못하는 건 충분히 있을 수 있는 일이었는데.

*

돌아보니 나는 너무도 쉽게 누군가의 취향과 성향, 심지어 방향성에 대해서 다 안다는 듯이 떠들었다. 그 것이 얼마나 오만이고 잘못된 판단인지 부끄럽게도 이제야 깨닫는다. 사람은 이럴 수도 있고 저럴 수도 있는 것. 아마 삶도 마찬가지일 텐데. 지독하게 차갑던 세상에 어느 날은 미풍이 불기도 하고, 또 어느 날 은 바닥부터 펄펄 끓기도 한다. 그러다 다시금 냉기가 쏟아져 꽁꽁 얼어버릴 수도 있는 게 세상이고 우리 삶일 텐데. 나는 그동안 뭘 그리 자신하고 어디에 갇 혀있었나. 편히 숨 쉬고 싶다. 고정된 편견을 느슨하게 풀어주기로 한다. 나도 타인도 너무 옥죄지 않아야 평안에 이를 수 있을 테니까.

아무것도 정해지지 않은 세상에 살고 있으면서 다 정해진 듯이, 꼭 이래야만 하는 사람인 듯이, 이 길만 길인 듯이 딱딱하게 굴지 않았으면 한다. 손목과 발목을 돌려 풀고 다시 사력을 다해 뛸 준비를 해야지. 변화를 받아들일 줄 아는, 말랑하고 유연한 사고가 나를 빠르게 성장시켜 줄 제법 괜찮은 무기가 되어 줄 것이다.

*

목덜미를 잡는 심정

　사람을 좋아하는 일이 비난받을 일은 아니다. 누구나 알다시피 사랑에는 자유가 허락되어 있으니. 다만 사랑을 잘하는 사람은 자신의 마음만큼 상대의 마음도 헤아릴 줄 안다. 앞서는 마음의 목덜미를 잡아 진정시키고, 그 사람에게 오래 시선을 둔다. 너무 앞선 마음은 속도만큼 날카로워서 사람을 상처입히기 쉽다. 미처 따라붙지 못한 책임감이나 신중함의 부재는 날카로운 마음을 막지 못한다.

　끈기와 열정으로도 어쩔 수 없는 것이 있다면 사람의 마음이고 사랑일 것이다. 아무리 좋은 마음이라고 해도, 당신이 좋아하는 음식, 음악, 혹은 당신이 아무리 괜찮은 사람이라고 해도 상대는 원하지 않을 수 있다는 것을 늘 염두에 두어야 한다. 그러므로 아무것도 강요할 수 없다는 것을 알아야 한다. 고려의 대상에 당신만 있고 상대는 없는 마음은 변명의 여지 없이 유해하다.

사랑은 어떤 것도 장담할 수 없고, 알맞은 답도 없어서 많은 과정과 노력을 무력화시킨다. 그래도 우리는 사랑을 원망할 수 없고, 매일 애타게 원하고 있으니, 우리가 사랑을 지배하거나 이길 수 있다는 생각은 버려야 한다. 물론 사랑하는 사람은 모두 어여쁘니 너무 기죽을 필요는 없다. 다만 내가 하는 것이 사랑 흉내가 아니라 정말로 사랑이라면 조금 더 사려 깊을 필요는 있다. 한 사람이 한 사람을 일방적으로 쫓는 듯한 관계는 불행함과 동시에 불안하다. 상대방이 도망치듯 멀어진다면 당신이 멈춰야 아무도 넘어지지 않는다.

사랑은 이기적으로 할수록 본질과 멀어진다. 당장 가질 수는 있어도 오래 볼 수는 없는 사랑보다 당장 가질 수는 없어도 오래오래 볼 수 있는 사랑이 더 사랑스럽다. 늦은 밤에 문득 그 사람이 보고 싶으면 당장 전화하거나 달려가고 싶은 마음이 든다. 그래도 열 번, 아니 스무 번이라도 꾹 참아보는 것은 낭만이나 사랑이 부족해서가 아니라 그 사람이 편안한 밤을 보내기를 바라는 마음, 꾸고 있는 예쁜 꿈이 쭉 이어지기를 바라는 마음, 단잠을 자고 일어나 기분 좋은 하루를 맞이하기를 바라는 마음, 그 사람을 빨리 보는 것보다 오래 보고 싶은 마음이 더 크기 때문일 것이다.

그런 사랑은 비밀스럽고 비겁한 사랑이 아니라 조심스럽고 친밀한 사랑에 가까울 것이다. 막무가내인 마음을 사랑이라는 핑계로 그 사람에게 떠밀지 말아야 한다.

슬픔을 무릅쓰고

안부를 물으려다 입술을 깨물고
편지를 쓰려다 기지개를 켠 날이 여럿입니다

멈춰있는 마음을 움직이기에 이른 시간이라는 핑계와
흘러가는 마음을 붙잡기에 늦은 시간이라는 핑계로

능청스럽게 당신을 놓아주고 있습니다

*

눅눅한 갈증

우산을 자주 잃어버린다. 평소에 물건을 잘 잃어버리는 편이기는 하지만 우산만큼 자주 잃어버리는 물건은 드물다. 용케도 전화기나 지갑을 잃어버린 적은 손에 꼽을 수 있지만 우산은 분실한 횟수를 세다가 포기할 정도니 어마어마하게 많은 내 우산들이 유유히 이 지구를 배회하고 있을 것이다.

우산을 잃어버리지 않으려고 노력할 만큼 노력도 했다. 이름도 붙여봤고, 작은 고리를 매달아보기도 했고, 매일 작은 우산을 가방에 넣어 다녀보기도 했다. 하지만 이름이나 고리를 매달아도 우산은 조용히 잠적했고 작은 우산을 매일 챙겨 다니는 건 너무 불편해 얼른 그만두었다. 그렇다면 일기예보라도 잘 확인하면 좋으련만 핸드폰 잠금화면에 날씨가 보이게 설

정해 놓아도 확인하는 것을 잊어버려 비가 내리는 날 내 손에 우산이 들려 있는 경우는 드물었다. 고로 자주 비를 맞으며 살았다는 뜻이다. 이쯤 되면 우산과 나는 연이 아닌 거라는 어이없는 생각을 하고, 그냥 비를 맞아야 할 운명인 거라며 속상해하기도 했다. 비를 쫄딱 맞아야 하는 상황이 생긴 데는 분명 우산을 잘 챙기지 않은 내 잘못이 크지만 비는 예고 없이도 찾아오니 당혹스럽고 곤란한 마음이 드는 것도 당연했다.

하지만 비가 내리는 날에는 종종 우산을 건네는 사람들을 만날 수 있었다. 한번은 바지를 수선하기 위해 수선집에 들렀는데, 비가 내리기 시작해 발을 동동 굴렀다. 그때 수선집 사장님께서 잠시 기다려보라며 가게 안쪽으로 들어가시고는 사람 그림이 그려진 회색 우산을 주신 적이 있었다. 또 한번은 붕어빵을 사려고 기다리는 중에 소나기가 내려 붕어빵 가게 사장님께서 비싸지 않은 거니 그냥 쓰고 가라며 투명 비닐우산을 꺼내 주시기도 했다. 그러면 나는 내 몸에 아주 딱 맞지는 않지만, 굳이 수선하지 않아도 입을만한 옷

*

을 들고 그 수선집에 괜히 한 번 더 들렀고, 다 먹지도 못할 붕어빵을 꾸역꾸역 더 사기도 했다.

우산을 통해 선한 마음을 전달받은 날은 그 어떤 비도 내 기분을 다 망치지는 못했다. 세상은 아직 살 만하고 좋은 사람들이 여전히 곳곳에 머무르고 있다는 게 감사했다. 내가 선한 마음을 선하게 받을 줄 알고 다시 잘 돌려줄 수 있는 사람이라면, 눅눅하고 우중충한 하루에도 어떤 인연이 피어날 수도 있는 것이다. 그들이 내 손에 쥐여준 우산을 보며 생각했다. 내가 정말로 잃어버리지 않아야 할 것은 아마 사람일 거라고.

간혹 비가 내리는 날에는 우산이 없고 우산이 있는 날에는 비가 내리지 않듯, 준비할 시간도 주지 않고 먼저 쏟아지는 것과 모든 준비를 마치고 간절히 기다려도 오지 않는 것이 있다. 이를테면 사람이 그렇다. 기다린 적 없지만 이미 와버린 사람과 한참 동안 기다렸지만 내게 오지 않는 사람. 인연은 그렇게 제멋대로 시작하기도, 끝을 맺기도 하며 내 의지와 상관없이 움직인다.

*

뜻밖의 사람이 뜻밖의 인연이 되고 다음을 기약한 사람과의 다음이 영영 없을 수도 있는 것. 그러니 인연에 조바심 내지 않고 사람에게 조금 더 너그러워지기로 한다. 그래야 함부로 내게 온 사람과 지독하게 오지 않는 사람을 모두 미워하지 않을 수 있다. 비를 미워해 봤자 아무 소용이 없는 것처럼 사람을 미워하는 일도 아무 소용 없는 일. 비를 맞듯 사람을 맞기도 하며 우리는 그렇게 함께 살아가고 있다. 내 손에 우산이 있든 없든 인연은 때로는 소나기처럼, 때로는 장마처럼 온다. 어쩌면 지금도 함께 흠뻑 젖어도 좋을 만한 사람이 나를 향해 다가오고 있을지도 모를 일이다. 우리는 수건을 준비할 수도, 그냥 안아버릴 수도 있을 것이다.

생애 고백

    너를 만나면 자주 어린 시절 이야기를 종알거리게 돼. 어린 시절에는 지금보다 더 운동 신경이 없었다는 이야기. 그래도 줄넘기만은 꽤 잘했었다는 이야기. 포기도 잘하던 내가 이유는 몰라도 턱걸이를 오기로 버티다가 턱에 멍이 들고 만 이야기. 학교 가기 싫다고 아침마다 이불 속에 몰래 숨어있던 이야기. 학창 시절 내내 나름 인기 많은 여자애였다는 이야기처럼 귀엽고 증명할 수는 없는 이야기들 말이야.

    그러면 너는 그래. 조용히 고개를 끄덕이다가 어떤 순간에는 웃음을 터트리기도 하고 나를 가만히 바라보기도 해. 그러면 나는 더 신이 나서 떠들고. 네가 조금이라도 못 믿겠다는 듯 미간에 힘을 주면 나도 따라 미간에 힘을 주고 볼에 바람을 넣지. 하지만 이내

*

피식 웃고 말아.

  넌 어떤 아이였을까 상상도 해봐. 내가 뒤늦게 서두
르다 넘어질 때마다 손 내밀어 일으켜주는 너도, 어린
아이였을 때는 자주 넘어져 무릎이 깨졌을 수도 있을
거야. 그런 생각을 하다 보면 나는 자꾸만 자꾸만 미
간이 찡그려져. 많이 아팠겠다. 그 쪼그만 손에 묻은
흙도 내가 털어주고 싶고, 너를 일으켜주고 약도 발라
주고 싶어서. 네가 좋아했다는 케이크나 장난감도 실
컷 사주고 싶어서. 혹시 네가 미간을 찡그렸던 게 내
이야기를 믿지 못해서가 아니라 나 같은 이유는 아닐
까. 그런 생각도 슬쩍 해보고.

  나는 이제 네 이야기를 듣고 싶어. 다 알기보다 잘
알고 싶은 마음일 거야. 나한테 애정은 다 안다고 넘
겨짚지 않으면서 잘 알고 싶은 마음이라 깊어지기 위
해서 넓어지고 싶은 걸 거야. 섣부른 판단이나 오해를
벗고 새로운 시선과 이해를 입은 채로 네 앞에 서고
싶은 걸 거야.

*

그러니까 나는 기어코 너를 살피는 일에 능숙한 사람이 되고 싶어. 얼굴에 쓰여있는 근심을 어렵지 않게 읽어내 내가 나란히 걷고 있다고 괜히 발소리라도 크게 내고 싶고, 네 입꼬리가 조금 더 올라갔거나 눈동자가 살짝 더 반짝이는 날에는 그 미묘한 차이를 알아채 무슨 일인지 말해주지 않아도 속으로 기뻐해 줄 수 있었으면 좋겠어. 네가 나를 성가셔하거나 대답을 회피하지 않고 내가 굳이 하는 말의 의미를 눈치채 성실한 답을 내놓는 사람이라면 나는 평생 너를 들어주는 사람이 되고 싶어.

*

헤엄

   다시 사랑에 빠진다면 최대한 우아하게 빠지고 싶었는데, 얼마 전에 당신이 한 말에 아직도 허우적거린다. 위험할수록 더 깊숙한 세계를 볼 수 있다는 사실을 위안 삼아 사력을 다해 헤엄친다. 이미 경계를 넘어 이만큼이나 깊이 들어와 있다. 헤엄치고 있지만 헤매는 중은 아니라고 말해주고 싶다.

*

그렇게 시인이 된다

드물게는 일 년에 한두 번, 자주는 셀 수도 없이 시인이 됐습니다. 사랑이 아직 얕거나 혹은 이미 깊을 때마다 시를 쓴 까닭이겠습니다. 사랑을 표현하는 방법은 아주 많겠지만 시는 제가 아는 표현법 중 가장 낭만적이고 집요했습니다. 시 한 줄을 지을 때마다 사랑의 채도가 높아져 시 한 편을 다 짓고 나면 손끝이 붉게 물들기도 했습니다. 평화롭고 치유적인 사랑만 한 건 아니었지만, 아픈 자리에 시를 채우면 무언가가 돋아나기도 했습니다. 한 줄도 쓰지 못하고 쩔쩔맬 때도 있었지만 무언가를 쓰기 위해 자세를 잡는 일. 그 또한 아름다운 일이었습니다.

여기 있어도 될 자격

 자리를 얻으려면 값이 필요하다. 어디를 가도 값을 내야 한다. 집은 물론이고 카페, 음식점, 심지어 병원 침대도 값을 내야하고 장례식장과 무덤까지도 값을 내야 한다. 죽어서도 자리를 얻으려면 돈을 내야 한다는 사실이, 그게 세상의 이치라는 게 나는 가끔 소름 끼치게 무섭다. 가만 보면 세상에 내 자리는 어디에도 없는 것 같다. 어른이 되면 자연스럽게 내 것이 될 줄 알았던, 그냥 주어지는 줄만 알았던 자리. 그 자리가 없어 지구에 제대로 앉지도, 눕지도 못하고 서성거리며 빙빙 돌고 있는 느낌.

 정말로 그럴 때가 있다. 모두가 앉아 있는데 나만 서 있는 것 같은 느낌이 들 때. 모두가 산타 할아버지에게 선물을 받았는데 나만 아직 못 받은 것 같을 때. 아무도 나를 챙기지 않고, 어디에도 기댈 곳 없이 나 혼자 캄캄한 고요 속에 방치된 것 같을 때. 연신 혀끝이 쓸쓸하고 씁쓸하고 그럴 때. 누구는 척척 집을 사서 안전한 보금자리에 몸을 뉘고 누구는 회사에서 인정받고 번듯한 책상과 의자, 위치가 있다. 또 누구는 가족 안에서, 또 누구는 친구들 사이에서 각자 자리를 꿰차고 있는 듯했다. 하지만 내게는 딛고 있는 땅조차 나를 짐 덩이로 느끼고 있는 건 아닐까 가끔 민망했다. 내 자리도 아닌 곳에 눈치도 없이 버티고 서 있는 느낌. 그 느낌은 또 얼마나 잔인한지. 툭 하고 떨어진 세상에 내 자리가 있는 게 더 이상한 걸지도 모른다는 생각도 들었지만, 남들은 다 있는 것만 같으니까. 그게 또 속을 뒤집어 놓는 거였다. 비교하는 건 안좋은 습관이라는 걸 모를 리 없었지만 그게 그렇게도 내 기를 꾹꾹 눌러 죽였다. 여기 있어도 될 자격. 내게는 그게 꼭 필요했고 그만큼 어려웠다. 자리를 잡는다는 건 내가 나로 인정받는 일 같았기 때문인지도 모르겠다.

세상에 애증이 생길수록 자꾸만 갈증을 느낀다. 여기저기서 치이고 밀려나지 않게 하루빨리 세상에 뿌리내리고 싶지만, 여전히 둥둥 떠다니고 있다. 목구멍을 시원하게 해줄 해답도 찾지 못했다. 다만 이 징그러운 현실을 조금 더 유연하게 받아들이기로 했다. 내가 흐르는 대로 내 자리다. 그러면 세상이 다 내 자리가 된다. 그저 저기서 여기로 흘러왔고, 저기에 자리를 잡았다가 여기에 자리를 잡았을 뿐이라고. 어디에도 묶이지 않은 채 유유히 움직이는 삶도 나쁘지는 않을 것이다. 나는 그저 흐르듯 세상을 살고 있다.

실은 세상에 떨어졌을 때부터 우리는 세상에 있어도 될 자격을 받았다. 그러니 어떤 따가운 눈총도 우리를 이 세상에서 함부로 내쫓지는 못할 것이다.

자주 길을 잃는 사람

길을 자주 잃었어. 초등학생 때 이사 때문에 전학을 가게 됐는데 처음 혼자 집을 찾아가던 날, 길을 잃고 만화방 앞을 서성거리다 나를 발견한 만화방 사장님이 집을 찾아주셨고, 대학생 때는 낯선 곳에서 약속이 있을 때마다 친구들이 나를 데리러 왔어. 사회인이 됐을 때는 호기롭게 혼자서 간 부산에서 숙소를 찾기 위해 두 시간을 길 위에서 헤맨 후에야 도착한 적도 있고.

그렇게 길치인 내가 서울에서 2년 동안 혼자 살면서 거의 생존을 위해 길을 잘 찾는 사람이 된 건 나로서는 아주 대단한 발전이자 놀라운 일이야. 물론 나주에서 서울로 올라오고 처음 얼마간은 지하철을 잘못 타거나 길을 잘못 들어 고생하기도 했지. 하지만 서울에서 살기 위해서는 지하철 노선도를 잘 볼 줄 알아야 했고 길을 잘 찾을 줄 알아야만 했어. 그렇게 시간이 지나니 지도도 볼 줄 모르던 내가 이제는 척척 길을 찾았고, 몇 년 후 다시 부산에 친구와 함께 갔을 때는 온전히 내가 길을 찾고 친구는 나를 가만히 따라다녔어. 길을 잘 찾는다는 칭찬을 듣는 건 새삼 웃기면서 쑥스러웠고.

가만히 돌아보면 길을 헤매거나 잃어버리는 상황마다 나는 혼란 속에 빠졌고, 친구들은 놀렸지만 그래도 나아가는 걸 포기하지는 않았더라. 이를테면 나는 길치라서 지하철은 못 타. 혼자 여행은 죽어도 못가. 내가 잘 아는 곳에서만 너를 만나고 싶어. 같은 말은 절대로 하지 않았으니까.

우리는 이 세상을 처음 살아보는 중이고 이 길이 내 길인지, 저 길이 내 길인지 한눈에 알기 쉽지 않아. 막상 들어선 길이 생각과 전혀 다른 길일 때도 충분히 혼란스러울 수 있어. 하지만 길을 자주 잃다 보면 잘 찾을 줄도 알게 돼. 길을 잃는 것보다 위험 한 건 길을 찾는 걸 포기하는 걸 테고. 잠시 주춤거리거나 길을 헤매는 건 다 괜찮은 일이야.

오늘의 나는 어제의 나보다 세상의 길을 조금 더 잘 아는 사람. 그러므로 떠났다가 돌아오기도 하고 다시 떠나기도 하지. 그건 헤매는 게 아니라 단지 길 위에서 자유롭게 움직이고 있다는 뜻일 거야.

*

삭막한 결심

그동안 내 속에 당신을 짓기 위해 나를 많이도 허물었습니다. 그것은 당신을 위한 일도, 나를 위한 일도 아니었기에 그만둘 작정을 하고 있습니다. 당신을 허물고 나를 바로 세우는 일이 다급해진 건 내 사랑이 꼭 튼튼하기만 한 것도, 영영 병들지 않는 것도 아니라는 사실을 깨달은 후입니다. 그 사랑은 점점 나를 해치고 있었고 그것은 참을 수 없는 고통이었습니다. 당신을 기다리거나 지키는 일보다 허무는 일이 훨씬 더 어려울 것이라는 현실마저 나를 잔인하게 해치고 있습니다.

분명 우리는 자주 낄낄거렸고, 서로를 위해 희생했습니다. 다만 언젠가부터 크게 느껴지는 당신의 부재에 따른 내 생활의 공백이 나 혼자만으로 채워지지 않았습니다. 지나치게 당신에게 의지했거나 나를 잃어버렸기 때문일 것입니다. 그 무렵부터 당신은 자주 나를 오해했고, 나는 자주 당신을 채근했습니다. 서로의 아픔을 보듬기보다 낱낱이 파헤치는 시간이 길어지고, 더 이상 내 속에 당신을 쌓아 올리는 일이 버거워졌습니다. 억지로 쌓아 올릴수록 내가 허물어지고 있다는 걸 체감하게 된 듯합니다.

내 속을 들여다보면 매캐한 먼지로 뒤덮인 삭막한 공간에 와 있는 듯합니다. 사람을 포기하고 지워내기로 작정하는 마음은 폐허와 비슷합니다. 이미 내 안에 들인 사람을 허무는 일은 온몸을 쿵쿵 울려대는 일입니다. 나는 당신을 전부 허문 뒤에도 한동안 잔해에 콜록댈 게 분명하지만, 마땅히 해야 할 일이니 더 이상 미루지는 않기로 합니다.

*

멈추던 밤

내게 힘들다는 말을 한 번도 하지 않던 그를
사무치게 미워하다 기어코 자책했던 밤

그가 나를 위해 무엇까지 해줄 수 있는지보다
내가 그를 위해 무엇까지 해줄 수 있는지 헤아려본 밤

그는 느릿느릿 걷고
나는 느릿느릿 멈추던 밤

*

기다리지 않아도

 기다림에 대해 생각해 본 적이 있습니다. 나는 오늘에서 어제와 내일을 기다리는 사람인 듯합니다. 이미 떠나간 사람과 아직 온 적 없는 사람을 기약 없이 기다리고 있습니다. 기다리지 말아야 할 사람 혹은 얼굴도, 이름도 모르는 누군가를 사는 내내 기다리는 일이 나를 허기지고 목마르게 합니다. 누가 시킨 적도 없고, 내가 바란 적도 없는 일이 이어지고 있는 겁니다.

 적막과 친해진 지도 꽤 되었습니다. 적막보다 소란과 가까운 세상에서 나 홀로 적막과 가깝게 지내고 있습니다. 적막에 익숙해지면 자그마한 기척에도 귀가 빨개지도록 울어야 합니다. 기다림에 지친 사람에게는 어떤 기척도 마음을 요동치게 하니 크게 이상한 일은 아닐 겁니다.

*

이제 기다리지 않아도 도착해 있는 것들에 대해 생각해 봅니다. 어쩌면 부모의 사랑이 그렇고 어느새 나를 지키는 몇몇 사람과 기대하지 않은 호의나 친절, 타고난 심성이 그렇겠습니다. 그것들은 나의 존재를 탄생시키거나 성장시켰고 순조로운 하루를 살도록 도왔습니다. 아마 엄한 기다림에 목매달 때마다 죽지 않도록 나를 구해주는 것들이겠습니다.

내일은 기다리지 않아도 도착해 있는 것들에게 한 번도 초라한 적 없던 것처럼 환하게 웃어 보일 겁니다. 다만 오늘은 온몸이 빨개지도록 울어도 괜찮겠습니다. 채워져서 쏟아지는 울음은 병보다 약에 가까울 것입니다.

어쩌면 같은 것

숲으로 들어가는 길과 나오는 길이 같다는 것을 알면서 영영 숲에 남기로 작정하는 사람의 마음과 그마음을 원망하지 않고 물을 길어다 주고 새를 날려보내는 사람의 마음은, 그러니까 바다를 보며 살지 못하고 아득한 숲에 사는 사람의 마음과 숲에 사는 사람을 바라보며 망망한 바다에 사는 사람의 마음은, 어쩌면 같은 것인지도 모른다. 떠나가는 것과 남겨지는 것은, 그러니까 목 놓아 우는 것과 목 놓아 기다리는 것은 어쩌면 같은 것인지도 모른다.

*

목이 따끔거렸던 건

묻고 싶은 게 많았습니다. 여전히 그 팔찌를 차고 다니는지. 아프던 다리는 많이 나았는지. 혹시 아끼는 것을 두고 떠나는 마음을 알고 있는지. 그렇다면 내가 아주 많이 아꼈다는 것도 알고 있는지. 이런 사소하고 어딘가 저릿한 물음들이 대부분입니다.

실은 조금 더 습지에 있는 물음들도 있습니다. 이를테면 당신의 안위가 나의 안위와 같다는 것을 이해하면서 나와 당신은 다른 사람이라는 것을 인정했다면, 그러니까 우리 둘은 하나이면서 둘이라는 것을 잊지 않았다면, 지금도 당신에게 자꾸만 길어지는 연서를 쓸 수 있었을지. 당신의 중심과 당신의 너머를 이해하고 당신의 철학과 당신의 성장통을 쓰다듬어줬다면, 그러니까 잠시 붙잡아 둘 수는 있어도 영영 붙잡아

*

둘 수는 없던 당신을 조금 더 알아줬다면, 내가 계절마다 당신이 덮을 이불의 두께를 신경 써줄 수 있었을지. 우리가 차라리 치열하게 다투고 길어지는 공백을 용서하지 않았다면, 그러니까 서로에게 지체하지 않고 다 털어놨더라면, 여전히 서로 앞에서만은 마음껏 유치해질 수 있었을지. 이렇게 아늑하고 아득한 것들입니다.

이런 물음은 이제 우리 사이에 아무런 영향도 주지 못하겠지만 수많은 물음이 순식간에 수많은 울음이 되고 마는 걸 보면 내게는 여전히 어떤 의미가 있는 듯합니다. 그것은 나의 속절없는 미련이자 아직 삼키지 못한 마음인 듯합니다. 하고 싶은 말이 점점 불어나고 단단해져 도저히 삼키지 못하는 날이 올까 봐 겁이 납니다. 목이 따끔거렸던 건 감기 때문이 아니고 삼킬 수 없는 말을 억지로 삼켜서겠습니다.

*

무렵

　손목의 은색 팔찌, 파란 모자, 회색 맨투맨, 축구화, 반듯한 콧대, 투박한 손의 온도, 웃을 때 보이는 아이 같은 얼굴, 갈라지던 목소리와 울기 직전의 눈빛, 음악과 영화 취향, 이상한 고집, 정리 습관, 바짝 자른 손톱, 장바구니, 물 묻힌 휴지, 자존심, 비겁함, 다 보이는 거짓말, 정, 아픔, 무너짐, 식탐, 어지러움, 무거움과 가벼움, 진짜와 가짜, 바다를 보며 걸을 때의 걸음걸이, 뒷모습, 어리석음과 지혜로움, 든든함, 노력, 고통, 숨죽임, 낭만, 꿈결.

너는 내가 아끼던 장소처럼

"꼭 내가 좋아하는 건 없어지더라?"

내가 이 말을 뱉은 건 이제 막 좋아하기 시작한 음식점을 찾아갔을 때 문에 붙은 영업 종료 안내문을 읽고 나서였다. 호기롭게 지인까지 데리고 찾아간 식당이라 속이 더 엉망으로 상한 거다. 실은 이런 일을 반복적으로 겪으며 산다. 외롭거나 어려울 때마다 가서 책을 읽던 카페도, 꼭 가보겠다고 눈독을 들이던 책방도 갑작스럽게 문을 닫았다. 그리고 너도 마찬가지였다.

너는 내가 아끼던 여느 장소처럼 사라졌고 나는 어디에서도 너를 찾을 수가 없게 되었다. 여전히 같은 하늘 아래에 있지만 내게 오지 않을 너와, 너를 찾으러 갈 수 없는 나는 꼭 산 자와 죽은 자처럼 영영 닿을 수 없게 되었다.

*

홀로 어떤 죄책감을 가진 채 살았다. 아마 너보다 내가 훨씬 받는 쪽이었기 때문일 것이다. 과거에 대한 죄책감은 현재를 앞질러 내 앞을 종종 가로막았고 나는 그때마다 나아가는 방법을 잊어버리곤 했다. 우리를 품은 장면들이 나를 꼼짝 못 하게 만들어서 너 없이 혼자 우리 추억과 서글픈 싸움을 하곤 했다는 뜻이다. 우리가 사랑했던 시절의 네 모습을 아는 나는 너를 마음 편히 떠날 수도, 미워할 수도 없었다는 뜻이겠다.

지붕 밑에 나를 숨겨두고 혼자 비를 쫄딱 맞고는 우산을 들고 나타났던 네가. 너의 빨개지던 눈시울, 그 울먹거리던 표정이. 투박한 손에 덕지덕지 붙은 굳은살이 문득문득 떠오를 때면 후회가 저벅저벅 걸어와 오래오래 나를 야단쳤다. 너를 잃기 전에 조금 더 서둘러 괜찮은 사람이 돼야 했다고. 너와 함께 봄에는 목련을, 여름에는 능소화를 보러 가야 했다고. 가을에는 시집을 같이 읽고, 겨울에는 짓궂은 눈놀이를 해야 했다고.

*

그렇게 마음에 품은 것들이 사라질 때마다 자책했다. 그 가게를 더 자주 찾아야 했다고. 소문도 내야 했다고. 그 장소를, 그 사람을 이렇게나 좋아하는 사람이 있다는 걸 누군가 알았다면, 어쩌면 아무것도 사라지지 않았을지도 모른다고. 아니, 어쩌면 애초에 내가 좋아하지 않았다면. 이런 생떼 같은 자책을. 그럴수록 내게 오는 건 커다란 고통뿐이었는데 나는 미련하게 자꾸만 그랬다. 너를 비롯해 사라지는 모든 게 그렇게 서럽고 아쉬워서. 언제까지 사라진 것들만 붙들고 울 수는 없다는 것도 잘 알면서.

사라지는 것들에 대한 오해와 미련, 죄책감을 붙들지 않기로 꾸역꾸역 작정해 본다. 모든 건 있다가 없을 수도 있다는 것을, 생겼다가 사라질 수도 있다는 것을 받아 들여보기로 한다. 우리는 헤어질 때가 되어 헤어졌을 것이고 그 장소는 사라질 때가 되어 사라졌을 것이라고.

내가 좋아한 것들이 한 시절이라도 내 곁에 있어 준 건 고마운 일. 그리고 서로를 점점 잊어가는 건 어쩔 수 없는 일. 그러니 더 이상 미안해하지 않아도 괜찮은 일이라고 나를 다독이며 다시 한번 작별 인사를 해본다.

*

미완성인 채로 완성되는 것

열린 결말인 드라마나 영화를 좋아한다. 어떤 이들은 개운찮아하며 언짢아하기도 했지만, 나는 그런 결말을 썩 마음에 들어 했다. 어차피 세상에 영원한 것은 없고 끝의 경계는 모호하다. '행복하게 살았습니다'로 끝났다고 안도할 수 없는 것은 그다음에 전혀 다른 이야기가 시작될지도 모를 일이기 때문이다. 알다시피 평탄하게 살다가도 끊임없는 변수가 생겨 굴곡 지는 게 전반적인 우리 인생이라.

돌이켜 보면 인연도 그렇다. 어제 사랑한다고 하던 사람이 오늘 이별을 고하지 않는 것도 아니었고 잠깐 떠나서 이내 돌아올 것 같던 사람이 영영 돌아오지 않기도 한다. 하지만 어느 무명 예술가의 사후에 그의 작품이 우리에게 닿아 그가 끝도 없이 유명해질 수도 있는 것처럼, 곁에 없으면 안 될 것 같은 사람과 헤어진 후에 더 깊이 사랑하는 사람을 만나게 될 수도 있는 것처럼 아무것도 정해지지 않아서 다행스러운 일들도 적지 않다.

사람은 정해지지 않은 것에 두려움을 느낀다. 목적지가 없이 떠나는 여행이나 가보지 않은 길로 돌아서 가는 것. 성공할 수 있을지 알 수 없는 일에 시간을 쏟는 일에도 겁을 먹는다. 그것은 우리가 겪고 있는 세상이 분명하기보다 희미해서 본능적으로 명확한 것을 좇기 때문일 것이다. 드라마나 영화를 볼 때조차 딱 떨어지는 결말을 원하는 이유가 될 수도 있겠다.

다만 알아뒀으면 하는 것은 완성되지 못한 것은 완성되지 못한 채로 완성이 된다는 것. '행복하게 살았습니다'로 끝나지 않고 '그리고'나 '그러나'로 끝나더라도 그 자체로 결말이 될 수 있다는 것. 그렇게 멈춘 것은 멈춘 대로 의미가 있고 매일 우리가 멈추는 그곳이 매일의 도착 지점이라는 것.

아무것도 정해지지 않았어도 지금 우리는 여기에 있다. 여기에 있는 것만으로도 세상에 새겨지고 있는 것이 많다. 비록 우리가 다시는 볼 수 없다고 해도 우리의 연이 완성되는 것처럼. 잠시라도 함께 있었다는 것, 그것만으로 해석할 필요도 없고 해석할 수도 없는 어떤 의미가 있는 것처럼.

간격

내가 여기에 있고
당신이 저기에 있어도
우리는 마주 보거나 함께 일 수 있었다

눈동자에 담기지 않아도 볼 수 있는 것은
대개 환상이거나 기억이었다

당신은 한없이 가깝거나
한없이 멀었다

진득하게 사랑받는 사람

한 사람을 오래도록 만나고 결혼하는 사람을 보면 존경심이 들었다. 한 사람을 오래오래 만나는 사람은 어떤 위기들을 극복하고 어떤 미련들을 포기한 건지. 사랑도 오래되면 오래 입은 옷처럼 해지는 줄로만 알고 있었는데 어떻게 하면 그렇게 점점 더 근사해질 수 있는 건지. 나는 그런 게 궁금했다. 그들은 내게 그냥 어쩌다 보니 그렇게 됐다며 머쓱하게 웃거나 의리나 정, 그런 걸 빼놓고 사랑을 말할 수는 없다고 팔짱을 끼며 말했다. 거들먹거리지 않고 무심한 척 다정한 태도가 내게는 근사해 보이기만 했다.

한 사람과 여러 번 이별한 경험이 있다. 잘 지내라는 말과 행복 하라는 말을 반복적으로 주고받았다. 결코 의미 없는 말은 아니었지만, 서로의 앞날에 일말의 도

움도 주지 못하는 이야기였던 것이 부끄럽다. 생각해
보면 나는 그를 만나는 동안 그에게 너무 많은 역할
을 줬다. 아빠, 오빠, 동생, 연인, 친구 그 모든 역할을
한 사람에게 바라는 것이 얼마나 사람을 어렵게 하는
지 그때는 몰랐다. 사랑도 나눠서 받아야 하는 거라던
데, 나는 한 사람에게 그 모든 사랑을 원했다. 어린 나
는 나처럼 어린 그를 그렇게나 어렵게 했다. 그리 어
리석고 유약한 나를 그는 여러 번이나 믿어준 것이다.
울고불고 사라졌다가 쭈뼛거리며 다시 돌아갈 때마
다 팔 벌려 안아준 그에게 다시 한번 고마움을 표한
다. 그는 나를 가장 아프게 했지만 가장 아껴주었고,
나는 그를 가장 미워했지만 가장 사랑했다.

 나는 그로 인해 결국 수긍을 배웠다. 나의 부족함과
우리의 헤어짐을. 가더라도 아주 가진 않을 거라는 나
의 이상한 직감이 틀렸다는 것을. 대단한 사랑을 해도
헤어질 수 있고 끈질기게 붙잡아도 결국 끊어질 수도
있는 게 인연이라는 것을. 그러니 그동안 아주 헛된 시
간을 보낸 것은 아닐 것이다. 사랑받기보다 사랑 주는
법을, 한 사람을 여러 번 믿어주는 법을 배웠으니 드디

*

어 한 사람을 끈질기게 사랑할 수도 있을 것 같다.

　나는 이제 평생 한 사람을 사랑할 결심을 한다. 이 세상 속에 천국과 지옥이 있다면 그것을 나누는 기준은 손을 잡아주는 존재의 유무일지도 모르겠다. 끊임없이 믿어주고 싶은 한 사람과 아주 단조롭고 순조롭게 평생을 살고 싶다. 언젠가 그를 발견하면 진득하게 사랑받고 싶다고 고백하고 싶다.

종이비행기를 날리는 일

　종종 종이비행기를 접어서 허공에 날렸다. 종이비
행기가 머지않아 툭 하고 바닥에 떨어지면 다시 주워
들고 상처가 난 곳을 살폈다. 무언가를 날아오르게 할
수 있음에 기뻤다가, 결국 추락하고 만다는 사실에 좌
절했다가, 그래도 완전히 망가지지 않았음에 안도하
고, 덧붙여 설명하지 못할 감정을 느끼곤 했다.

　이제 아주 멀어져 버린 시절에는 종이비행기를 날
리는 일이 마냥 신나기만 했던 것 같은데. 그저 멀리
가기만 하면 좋겠다는 생각뿐이었던 것 같은데. 언젠
가부터는 오래 가지 못하고 멈추는 것들, 살포시 내려
앉지 못하고 툭 하고 떨어지는 것들, 긁히고 찢기는
것들에 마음 쓰라려한다. 그렇지만 아무것도 날리지
못하는 마음은 더 끔찍하니 일단 손이라도 힘차게 뻗

어보는 거다.

이제는 내게도 함께 종이비행기를 날릴 사람이 있었으면 좋겠다. 종이비행기가 허공을 헤매다가 곤두박질치고 그리하여 이곳저곳 못생긴 상처가 나더라도 대수롭지 않다는 듯 상처를 툭툭 털고 이번에는 더 힘껏 날려 보자는 눈빛을 주고받는 사이. 누구의 비행기가 먼저 추락하더라도 비웃지 않는 사이. 멀어져 버린 시절처럼 마음 놓고 유치해져도 좋을 사이. 비효율적이고 어떤 확신도 없는 일을 마냥 신나게 할 수 있는 사이. 그렇게 모두가 철없다고 할 만한 사랑을, 한도 없는 낭만을 실컷 낭비해 보고 싶은 거겠다.

나이가 들면서 내게 꼭 맞는 사람이 어떤 사람인지 알게 되었지만, 어긋나는 부분이 많아도 그냥 좋은 사람을 찾을 수 있을지 궁금하기는 했다. 셈이 가득한 세상에서 유일하게 셈 없이도 살아남는 사람. 적어도 내 세상에서는 그런 사람. 여행 가방을 한 달 전부터 싸는 사람이든, 당일 아침에 싸는 사람이든. 사진 찍는 걸 좋아하는 사람이든, 썩 좋아하지 않는 사람이

든. 음식을 입안 가득 넣고 먹어야 직성이 풀리는 사람이든, 조용히 오물오물 먹어야 안정감을 느끼는 사람이든. 신발을 구겨 신는 사람이든, 그런 건 질색하는 사람이든. 우리 사이에는 아무것도 문제가 되지 않는 사람. 당신이라면 다 그럴만한 이유가 있겠지 싶은 사람.

 모든 조건을 앞지르는 사람의 존재 여부가 궁금한 것은, 이런 궁금증이 여전히 생존해 있다는 것은, 내 속 터지는 미련함이며 낡지 않는 로망 같은 것. 내가 찾고 있는 것이 사람인지 사랑인지 알 수 없지만, 뒤죽박죽인 누군가가 저쪽에서부터 이쪽까지 저벅저벅 걸어왔으면 좋겠다. 나는 아무리 접어도 펼쳐지는 마음을 안다. 그러니 그 마음을 따라 끝끝내 나를 슬프게 할 누군가를 마중 나가고 말 것이다.

 무엇도 영원히 날아오르는 것은 없지만 찰나여서 더 소중한 것이 있다. 삶도 사랑도 마찬가지겠다. 죽을 걸 알지만 사는 것처럼 추락할 걸 알지만 날려 보내는 마음은 복잡하고 어려운 거였다. 영원을 욕심부

*

릴 수는 없지만 가장 빛나는 한때를 위해 온 힘을 쏟
겠다는 다짐을, 또 지나가 버릴 이 계절에 조금 더 긴
사랑을 하겠다는 다짐을 해본다.

3부

바다는
잠겨 죽지
않는다

당신은 바다로 있습니다

밤바다는 밤마다 들썩이지만
잠겨 죽지 않습니다

파도는 부서졌고
바다는 부서지지 않았습니다

모든 슬픔은 파도로 왔고
당신은 바다로 있습니다

모든 생명은 그리 연약하지 않다

아주 귀여운 강아지였다. 초콜릿보다 더 초콜릿 같은 털과 밤보다 까만 눈동자를 가진 아이. '초코'라는 이름을 가졌을 것 같은 이 아이는 아직 이름이 없었다. 우연히 강아지 입양 계정에서 보게 됐는데, 오랫동안 선택받지 못해 결국 계정에까지 올라온 모양이었다. 사람들이 선택하지 않은 사유에는 모색이 안 맞기 때문이라고 적혀있었다. 그 계정에는 이 강아지 말고도 아주 많은 강아지의 사진과 영상이 올라와 있었고 사유도 다양했다. 무늬 비대칭, 코 색소 부족, 비인기 모색, 심지어 모색이 선명하지 않거나 미간이 넓다는 이유도 있었다.

계정을 쭉 훑어보면서 속이 전속력으로 상해갔다. 내 눈에는 꼭 '사랑받지 못할 사유'라고 적혀있는 것처럼 보였기 때문이다. 사유가 이렇게나 많고 하찮다니. 이것은 내 눈으로 직접 목격한 대단히 잔인한 사건이었고 나는 이 일이 어이없거나 우습다기보다는 슬펐다. 초코의 물방울 같은 눈망울과 축 처진 귀, 소심하게 내민 혀끝과 기운 없는 입꼬리를 떠올릴 때면 당장 데리러 가고도 싶었다. 하지만 그럴 수 없는 내 처지가, 나에게도 초코처럼 사랑받지 못할 사유가 어딘가 적혀있을지도 모른다는 의심이 고개를 떨구게 했다.

생각해 보면 누구에게도 나를 있는 그대로를 사랑하라 요구할 수는 없다. 사람의 마음은 제각각이고 추구하는 가치도 다르기에 원하는 것이 다를 수도, 원하지 않으면 선택하지 않을 수도 있는 거니까. 하지만 나 또한 의지로 바꿀 수 없는 것을 요구하는 사람을 선택할 마음이 없으니 어쩌면 공평하다고 해야 할까. 조건이나 이유 없는 사랑을 바라는 것이 터무니없는 욕심이라고 해도 썩 유쾌하지 않은 건 사실이다.

의문을 품었다. 세상 모든 것은 반드시 선택받아야

하는 존재인지, 그렇다면 반드시 선택받을 수 있는 기준은 누가 정하는 것인지. 또 완벽이라는 건 대체 어떤 기준인지. 이내 결론을 내렸다. 틀림없이 아니라고. 선택받을 수 있는 기준이나 완벽의 기준 또한 어디에도 없다고. 꽃말이 없는 꽃도 꽃. 아무도 찾지 않는 바다도 바다라고.

누군가의 선택 없이도 모든 존재는 유의미하다. 그러니 선택받기만을 기다리거나 사랑받지 못할 사유를 곱씹으며 나를 괴롭히지 않아도 괜찮을 것이다. 누군가가 나를 사랑하지 않는다고 비난할 수는 없지만 나를 사랑하지 않는 게 당연한 건 아니라는 것. 그리고 몇몇이 이 세상의 전체가 아니니 아무도 나를 사랑하지 않는다는 건 더더욱 아니라는 것. 그러니 애초에 연민이나 동정이 필요하지 않은 일.

이미 아파한 시간은 어쩔 도리 없지만 더는 이 이야기로 아파하지 않기로 한다. 그건 아마도 오늘의 가장 다정한 선택일 것이다. 내게는 이미 '초코'라는 이름으로 불리고 있는 그 아이가 머지않아 넘치는 사랑을 주는 반려인을 만나 더 예쁜 이름을 갖게 되기를 더 없이 바라지만 누군가 이름을 지어주지 않더라도 기 필코 생존할 것을, 모든 생명은 그리 연약하지 않다는 것을 믿는다.

*

좋은 어른의 부재

　자전거를 능숙하게 타지 못해 자꾸만 멈추어 서고 맙니다. 제대로 배워본 적이 없기 때문일 겁니다. 자전거는 대개 어린 시절에 배우는 거라는데 안타깝게도 제게는 자전거 타는 법을 알려주는 사람도, 자전거를 배우고 싶은 욕심도 없었거든요. 스무 살이 넘고 나서 더듬더듬 자전거를 타기 시작했어요. 무작정 혼자 페달을 밟기 시작했으니 배웠다는 표현보다는 탔다는 표현이 더 적당할 겁니다. 여전히 알려주는 사람은 없었고 균형 잡는 일과 나아가는 일은 몹시도 어려웠지만, 넘어지고 일어서기를 반복한 끝에 혼자서도 기울지 않고 똑바로 설 수 있게 되었고 조금씩 앞으로 움직일 수도 있게 되었어요. 그게 대견해서 제게 자주 기특하다고 말해주며 살아왔습니다.

*

하지만 종종 마음에 염증이 올라오는 건 어쩔 도리가 없었어요. 만약 자전거를 타다 뒤를 돌아봤을 때 제 뒤에 누군가 있었다면 그 든든한 믿음이 저를 더 멀리 나아가게 했을 테고, 저를 잡아주는 사람이 단 한 명이라도 있었다면 저는 더 빨리 좋은 사람이 되었을 테고, 누군가 제게 넘어져도 일어서는 법을 알려줬다면 저는 더 단단하게 성장했을 텐데. 그런 생각은 염증과도 같았습니다. 그때마다 억지로라도 차가워지려고 애를 썼어요. 끓어오르는 마음보다 식어가는 마음이 저를 치유할 때도 있었거든요.

좋은 어른의 부재는 삶의 난이도를 믿을 수 없이 올려놓습니다. 그건 꼭 어린 시절에만 해당하는 이야기는 아닐 겁니다. 어른에게도 좋은 어른이 필요해요. 혼자 더듬더듬 배우며 사는 건 사는 내내 균형 잡는 일과 나아가는 일을 어렵게 하니까요. 그래서 이제는 제가 누군가에게 좋은 어른이 되어주고도 싶습니다. 자전거를 배우듯 삶을 휘청거리며 배워나갈 때 그 모습을 뒤에서 가만히 지켜봐 주는 어른. 기우는 속도보다 빠르게 달려가 잡아주는 어른. 때가 되면 스스로 나아갈 수 있도록 알맞게 놓아줄 줄도 아는 어른 말입니다.

 부재에서 제가 배운 건 존재의 필요성이었습니다. 그러므로 제게 사랑은 누군가를 위해 존재하는 것 그리고 어떤 공백을 채워 무너지지 않고 버틸 수 있게 하는 것이었습니다. 당신을 위해 저는 조금 더 잘살아야겠습니다. 저의 존재가 당신을 튼튼하게 자라도록 도울 수만 있다면 말입니다. 저는 더디게 자라났지만, 기어코 자라난 사람. 혼자서 덜컹거리며 풀숲과 바다를 건너온 사람. 그래서 여기저기 고장이 나기도 하지만 뚝딱뚝딱 잘 고치며 사는 사람. 그러니 얼마쯤은 믿어봐도 좋을 것입니다.

내 끼니를 챙기던 사람

첫마디에 밥 먹었는지를 묻는 사람이 있었어. 만나서도, 통화를 해도, 문자를 해도 늘 첫마디는 "밥은?"으로 시작하던 사람. 늘 그렇게 내 끼니를 궁금해하는 그가 실은 조금 이상하다고 생각했어. 나는 혼자 밥을 못 먹는 어린아이가 아니었으니까. 배가 고프면 알아서 챙겨 먹을 테니까.

그를 만나는 시간이 길어지면서 나도 그를 닮아갔어. 그만큼 필사적인 건 아니었지만 자주 사람들의 끼니를 걱정했지. 그러면서 그가 어떤 마음으로 내 끼니를 챙겼는지 조금은 알 것도 같더라. 이 사람이 배고프지 않기를 바라는 마음은 이 사람이 아프지 않기를 바라는 마음과 같은 거더라.

*

그가 떠나고 그만큼 내 끼니를 챙기는 사람이 없어서 나는 정말로 종종 아팠어. 물론 혼자서 밥을 못 먹는 건 아니었지만, 배가 고프면 알아서 챙겨 먹을 수도 있지만 그래도 그를 만날 때보다 훨씬 더 끼니를 거르게 되더라. 그건 되게 이상한 일이었어. 그러면서 그의 말들이 잔소리나 쓸데없는 말이 아니었다는 걸 나는 두고두고 이해했어. 혼자서 할 수 있다는 걸 알아도 도와주고 싶은 마음. 잘 지낼 걸 알지만 그래도 더 잘 지내기를 바라는 마음. 혹시 아플까 미리 염려하는 마음은 사랑이더라. 다 큰 어른도 누군가의 보살핌이 필요하다는 걸 그렇게 알게 됐어.

시간만큼 나이도 쌓이고 그만큼 어른 대접을 받는데도 여전히 혼자서는 유독 길을 걷다 발을 헛디뎌서 넘어지고 몸 곳곳에 알 수 없는 멍들이 생기고 상처가 나. 이불 속에서 펑펑 울기도 하고 잦은 간격으로 이리저리 휩쓸리기도 해. 당신은 내가 이리도 잘 넘어지는 사람이라서, 소리 내어 우는 사람이라서, 어느 후미진 골목의 먼지처럼 굴러다닐 것을 미리 알고서 그리도 내 끼니를 챙겼는지 모르겠다.

이렇든 저렇든 당신은 세상에서 나를 제일 많이 걱정하던 사람. 오늘은 당신 생각에 꾸역꾸역 내 끼니를 챙겼어. 늘 느린 나는 이제야 나를 챙기며 살아. 그리고 당신 옷자락을 붙잡기에 너무 늦었다는 걸 깨달아. 이 문장 위에 당신을 올려놓는 데도 이렇게나 오래 걸렸다. 언젠가 다시 우리가 마주하게 된다면 그때는 꼭 내가 먼저 물어볼게. 잘 지냈냐는 말보다 먼저 "밥은?" 그렇게. 조금 이상하고 애틋하게. 그건 아마도 내가 당신을 이해했다는 뜻일 거야. 당신 물음의 무게를 가늠했다는 뜻일 거야.

작은 존재들

 유아교육을 전공하고 그 길을 따라 꽤 오랜 시간 걸었습니다. 아이들과 함께 한 날들은 행복과 아주 친밀했습니다. 물론 초임 시절에는 울며불며 일했고, 친구를 깨물고 뜯는 아이들은 저를 동동거리게도 했지만, 그 시절은 색으로 치면 노랑, 음계로 치면 솔, 하늘로 치면 햇살 같은 날이 대부분이었습니다.

 대신 매년 아이들과 이별해야 하는 악조건이 있었어요. 매년 아이들은 진급하여 반이 바뀌고 그때마다 담임교사도 바뀌는 경우가 많았기 때문입니다. 물론 아주 그만두거나 초등학교로 가는 아이들이 아니라면 오다가다 볼 수 있을 테지만 저는 그마저도 서운하고 아쉽고 그랬습니다. 교실에서의 마지막 날 인사를 나누면 아이들은 제게 그동안 고마웠다고 말해주었어요. 반갑게 인사해 줘서, 김치도 먹게 해줘서, 종이접기나 실로폰 연주도 할 수 있게 해줘서 고마웠다고요. 고마운 이유도 그렇게 사랑스러운 것들로 가득했습니다.

편지도 정말 많이 받았어요. 살면서 제가 그렇게 많은 손 편지를 받을 일이 있을까 싶을 만큼 말입니다. 그림 편지부터 온갖 재료로 꾸미고 곱게 접은 입체 편지까지. 고사리 같은 손으로 정성스레 만들었을 생각을 하면 그건 또 얼마나 예뻤게요. 지금도 제 편지 상자에는 아이들이 준 편지가 가득합니다. 꺼내어 볼 때마다 그 편지들이 꼭 제가 아이들에게 받은 사랑 같아서 벅차오르곤 합니다. 실외 활동을 나갈 때면 제 뒤를 따라 걸으며 나무와 꽃, 지렁이와 개미 같은 것들을 그 여리고 짧은 손가락으로 힘차게 가리키며 재잘재잘 궁금한 것을 묻던 아이들. 예쁜 옷이라도 입고 가면 선생님이 세상에서 제일 예쁘다고 말해주던 아이들. 동화책을 읽으며 슬픈 척을 하면 "선생님 괜찮아요, 우리가 있잖아요!" 하던 아이들. 그 순간들이 편지에 고스란히 담겨있습니다.

저는 그렇게 아이들에게 사랑받는 법과 사랑 주는 법, 표현하는 법과 솔직해지는 법처럼 아주 크고 대단한 것들을 배웠습니다. 엄마 손을 잡고 집에 가면서도 뒤돌아 한 번 더 저를 향해 인사해 주던 아이들이 그때의 저를 살렸고 그 기억들이 지금의 저를 살리고 있습니다. 어쩌면 저는 작은 존재들과 함께 컸고 그렇게 우리는 서로를 가르쳤는지도 모르겠습니다.

여전히 그 시절은 제게 각별합니다. 그 시절이 없었다면 저는 지금처럼 자주 편지를 쓰고, 머리를 쓰다듬고, 등을 토닥이는 사람이 되지는 못했을 거예요. 궁금한 것은 지나치지 않고 물을 줄 아는 사람이, 다정한 말로 위로 할 줄 아는 사람이 되기도 훨씬 어려웠을 거고요. 지나 보면 시절마다 저를 키우는 존재들이 곁에 있었습니다. 그건 나이나 성별, 크기나 높이와는 전혀 상관이 없었어요. 가만 보면 온 세상이 저를 키우고 있다는 생각이 듭니다. 아마 당신도 마찬가지일 겁니다.

마음을 데워놓는 일

 다정한 사람들을 찬찬히 살펴본 적이 있습니다. 그들은 상대를 먼저 살폈고, 상대의 불편을 쉽게 알아챘습니다. 상대가 원하지 않는 배려는 어떤 배려라도 조심했고, 자신이 내어준 배려에 대가를 바라지도 않았습니다. 그들은 상대방의 배려를 알아보고 고마움을 표현하는 방법을 똑똑히 알고 있었고 자신의 기준으로 타인을 보지 않고 존중하는 태도를 보였습니다. 유독 '그럴 수도 있지'라는 말을 자주 했던 걸로 기억합니다. 생각의 폭이 넓고 깊어서 사람도 넓고 깊게 헤아릴 줄 알았습니다.

 다정은 요란하지도 않았습니다. 그저 이름을 기억하고 불러주거나 손을 흔들어주는 것. 꽃 한 송이를 건네거나 안부를 묻고 나서 자신의 이야기를 늘어놓지 않고 먼저 들어주는 것처럼 잔잔한 것들이 대부분이 었습니다. 그들을 보며 저도 하루빨리 다정한 사람이 되고 싶었어요. 어제와 오늘 그리고 내일을 끊임없이 추적하며 그들처럼 마음을 데워놓는 일에 시간과 정 성을 쓰고 있습니다.

누군가의 뒷모습을 한참 눈에 담거나 멀어져 그림 자가 안 보일 때까지 손을 흔들고는 합니다. 떨어진 물건을 주워주거나 어깨에 붙은 머리카락을 조용히 떼주기도 합니다. 저 사람을 내가 제일 오래오래 기억 해 줘야지, 그런 선한 다짐을 낯설거나 어색해하지 않 고 꾸준히 하고 있습니다. 저는 아무래도 다정에 소질 이 있는 사람인 듯합니다.

제가 고군분투해서 얻은 다정함으로 누군가를 조금 이라도 더 나은 쪽으로 움직일 수 있다면, 살짝이라 도 입꼬리를 올라가게 할 수 있다면, 기분 좋게 잠이 들고 기분 좋게 일어나는데 작게나마 도움이 된다면, 그러면 제가 아주 형편없는 하루를 보낸 건 아니라는 확신이 들 겁니다. 이미 제가 확신하는 것은 한 사람의 세상을 구하는 건 다정한 사람일 거라는 겁니다.

 사람이 살고 죽는 문제에 영향을 주는 건 따뜻함과 차가움, 다시 말해 관심과 무관심, 친절함과 무례함 같은 것들입니다. 한 번 더 다시 생각하고 조금 더 배려하는 게 말처럼 쉽지는 않습니다. 그러니 고군분투라는 표현을 썼고요. 다만 그 노력이 누군가의 세상을 구할 수 있을지도 모른다고 생각하면 무한히 노력해보고 싶어지기도 합니다. 저는 더 좋은 사람, 더 다정한 사람이 되어서 당신의 세상을 구하고 싶다는 말입니다.

새파란 각오

   사람을 무턱대고 사랑하다 보면 꼭 마음을 다치려고 노력하는 사람이 된 것만 같습니다. 서로의 결점이 부딪혀 해일처럼 모종의 슬픔이 몰려오는 까닭입니다. 그러니 슬픔에 흠뻑 젖을 용기를 챙겨놓아야 비로소 한 사람을 마중 나갈 채비를 마칠 수 있겠습니다. 숨거나 뒷걸음질 치는 용기를 달래어 붙잡아 두는 일이 성가시고 녹록지 않지만, 죽는 날까지 그만두지는 않기로 합니다. 이것은 저의 새파란 각오입니다. 이룰 수 있다면 죽는 날 제일 미련 없는 일이기도 하겠습니다. 사람이 갇히거나 멈추지 않고 멀리 나아갈 수 있게 돕는 것은 사람이거나 사랑일 거라는 믿음으로 비롯된 일입니다.

*

무례와 무해

 하루는 돌아오기 위해 떠나기로 마음을 먹고 적은 짐을 챙겨 기차에 올라탔습니다. 물론 그리 멀리 가지도 않았고, 당일에 돌아오는 여행이었지만 꽤 마음이 부풀었어요. 여기에서 거기로 간다는 사실만으로 이렇게 들뜰 수 있다는 게 신기했습니다. 한참 말랑해진 마음으로 예매해 둔 창가 자리에 앉아 이런저런 생각을 했어요. 도착하면 마침 친절한 택시 기사님의 택시가 역 앞에 있었으면 좋겠다는 기대를 하고, 여행지 어딘가에서 순한 눈망울을 가진 커다란 강아지를 만나고 싶다는 소망을 품고, 줄을 서야 한다는 음식점의 그 메뉴가 내 입에도 맞을지 궁금해하다가, 나도 슬쩍 줄을 서봐야겠다는 계획도 하고요.

그렇게 잔뜩 신이 난 상태로 역을 몇 개 지나는 중이었습니다. 일행으로 보이는 두 사람이 큰 소리로 대화하며 통로를 지나 제 쪽으로 가깝게 다가왔고 그중한 사람은 제 옆자리에 퍽 소리를 내며 앉았습니다. 또 다른 한 사람은 반대편 자리에 앉아 이야기를 이어갔고요. 그래도 괜찮았습니다. 제 이어폰의 볼륨을 조금만 더 높이면 될 일이었으니까요.

하지만 얼마 지나지 않아 말랑거리던 마음이 굳어갔어요. 옆에 앉은 분이 제 팔을 툭툭 치며 당연한 요구라는 듯 "아가씨 혼자면 자리 좀 바꿔줘"라고 하셨고, 일행분은 자신의 자리라는 듯 어느새 제 자리 가깝게 서 계셨거든요. 저는 그럴 수 없는 연유까지 설명하며 정중히 거절했지만 요즘 사람은 양보를 모른다는 말을 시작으로 그분들이 내리기 전까지 따가운 눈총을 받아야 했습니다. 심지어 옆 사람 팔꿈치에 몇 차례나 밀쳐짐을 당해야 했어요. 여행의 시작을 망친 건 그분들이었지만 여행 전체를 망쳐버린 건 아니니 괜찮다고 다독이는 건 제 몫이었습니다.

•

종종 무례한 사람들을 만나게 됩니다. 솔직함과 무례함을 구분하지 못하고 혀끝에 칼을 매달고 다니는 자존감 살인마, 약속을 어기는 것에 별생각이 없는 약속의 의미를 모르는 사람, 타인의 불편함은 안중에도 없는 사람, 빌린 물건을 잃어버려놓고 조금도 미안해하지 않는 사람처럼 말입니다. 그런 사람들을 만날 때마다 조금도 물들지 말자는 마음을 먹고는 합니다. 그들이 제 인생에 끼칠 수 있는 영향은 아무것도 없게 할 거라는 날이 선 결의를 다지기도 하고요.

세상에 당연한 양보는 없고 모든 배려는 강요 되어서는 안 됩니다. 혼자라는 이유로 미리 예매해 얻은 창가 자리를 내놓아야 할 이유도, 타인의 관점에서 생각할 줄 모르는 사람에게 배려해야 할 이유도 없는 겁니다. 부탁은 받는 쪽에서 거절할 수 있고, 걱정해서 해주는 말이라고 해도 아프게 하는 말을 다 들어줘야 하는 건 아닙니다. 무례한 것을 무례하다고 말할 수도 있어야 해요. 사람을 쉽게 보고 찔러보다가 자신이 비판받으면 오히려 상대를 예민한 사람으로 몰아가는 건 무지한 겁니다.

그 여행에서 정말로 눈망울이 순한 커다란 강아지가 운명처럼 제 곁을 스쳐 지나갔고 친절한 기사님의 택시도 탈 수 있었어요. 기대한 음식은 제 입맛에는 영 별로였지만요. 정신없이 걷다가 바닥에 흘린 목도리를 주워주신 분과 혼자 여행하러 왔다는 말을 듣고 여기는 꼭 가보라며 경치가 멋진 곳을 추천해 주신 편의점 사장님도 만났어요. 그러니 좋지 않을 수 없는 여행이었고요. 그날 생각보다 훨씬 더 많은 배려를 받았고 저는 그 배려를 모조리 마음에 심고 돌아왔습니다.

세상에 무례한 사람보다 무해한 사람이 더 많다는 사실은 올라간 눈꼬리를 내리고 한없이 온순한 마음이 들게 합니다. 나는 어떤 사람이 되고 싶은지, 어떤 쪽에 가까운 사람이었는지 오래 생각한 하루였습니다. 누군가 내게 상처를 주더라도 그 상처가 나를 다 망칠 수 있는 건 아니에요. 그 하루처럼요. 돌아보면 완벽한 하루는 아니었지만, 꽤 괜찮은 하루였습니다.

오래 묵은 가치관

'쓸모없다'라는 말처럼 사람을 낙담시키는 말이 또 있을까? 우리는 회사에서, 친구 사이나 가족 안에서도 자신의 쓸모를 끊임없이 증명해야 한다. 자신의 쓸모를 증명하지 못하면 어디에도 속하지 못하고 혼자가 될지도 모른다는 압박감은 사람을 나날이 옥죄어오고, 일인 분의 몫을 톡톡히 해내지 못한 것 같은 날에는 자괴감이 스멀스멀 올라와 자존감을 몰락시키려 한다. 아무리 노력해도 사람들의 성에 차지 않는 부분이 있고 나조차도 실망스러운 나를 발견하게 될 때도 있다. 하지만 모든 사람은 완벽하지 않으니 실은 자연스럽고 당연한 일이다. 부족하다고 나의 모든 노력과 과정이 하찮았던 것이 아니고, 어제의 나보다 오늘의 내가 조금이라도 나아졌다면, 한 걸음이라도 나아갔다면, 지루하고 비루한 나의 자책이 몽땅 쓸모없어져도 상관없을 것이다.

*

사람은 유독 빛나는 부분이 다를 수 있다. 누군가는 키가 커서 높은 곳의 물건을 잘 찾고, 누군가는 키가 작아서 낮은 곳의 물건을 잘 찾는다. 누군가는 수려한 그림 실력으로 사람들에게 감동을 주고, 누군가는 유려한 글 실력으로 사람을 살린다. 전혀 두각을 드러내지 못하던 사람이 어느 날 갑자기 어떤 부분에서 두각을 드러낼지도 모를 일이다. 함부로 무시해도 되는 것은 세상에 아무것도 없으니 우리는 세상 모든 존재를 존중하는 습관을 들여야 한다.

모든 존재는 멸시받지 않아야 한다는 것은 나의 오래 묵은 가치관이다. 누군가 쓸모에 관해 이야기할 때마다 세상에 쓸모없는 존재는 없다는 생각을, 움직이지 못하는 식물도, 사물도 다 쓸모가 있는데 사람은 더더욱 그럴 리 없다는 생각을 꾸준히 해왔다. 정말 구제 불능처럼 보이는 인간일지라도 그 사람의 잘못된 부분만을 안타까워하거나 미워했고 그 사람의 존재 자체를 한심하게 생각한 적은 없었다. 그렇다고 아무 노력도, 변화도 필요 없다는 말은 절대 아니다. 사람으로서 해야 하는 것들은 항상 있고 사람은 스스로

175

생각하고 움직일 수 있으니 올바른 방향으로 나아가도록 자신의 길을 잘 터주어야 한다. 실은 가장 기본적인 것이 가장 어렵다는 것을 안다. 이를테면 나의 일을 남에게 미루지 않는 것, 주어진 일에 책임을 다하는 것, 매일 박살 나는 의지를 이어 붙이고 어떤 것이라도 꾸준히 하는 것, 외면하면 안 되는 상황이나 사람을 외면하지 않고 사는 것처럼 말이다. 하지만 당신이 망가질 작정을 하지 않고 똑바로 살기 위해 노력한다면, 당신이 사람으로서 마땅한 도리를 다하고 산다면, 어느 무식한 이가 쓸모없다는 말을 쏘아붙이듯 내뱉어도 뜬눈으로 밤새우지 않아도 되고 쓸모를 찾기 위해 무리해서 탈이 나지 않아도 될 것이다.

이 글이 당신에게 쓸모 있기를 바라며 보태본다. 당신 체온만으로도 얼어있는 세상에 온기가 돈다. 이보다 더 쓸모 있을 수 있을까. 세포 하나하나 매일 당신을 살리기 위해 노력하고 있으니, 아무것도 포기하지 말고, 더 열심히 살아보는 건 어떨까. 당신의 존재는 남몰래 포기하거나 지지 않았다.

*

증명

  세상은 간혹 존재를 증명하는 일을 강요한다. 나라는 사람이 나라는 증명, 사랑이 여기에 있다는 증명, 얼마나 불우하고 얼마나 유복한지 부에 대한 증명, 결혼과 아이의 탄생, 심지어 죽음까지도 증명해야 한다. 물론 어떤 판단을 위해 증명이 과정이 되는 것이지만 가끔 판단하지 않아도 되는 것이, 증명하지 않아도 되는 것이 있었으면 좋겠다. 그냥 느껴지고 그냥 믿어지는 것. 굳이 헤집어보거나 결과를 보지 않아도 괜찮은 것. 그런 게 없는 세상은 너무 가난해 보인다.

아무것도 아닐 수가 없는 이유

태어나길 통통거리는 성질로 태어난 것 같다. 아침에는 전속력으로 달려 버스를 아슬아슬하게 잡았고, 밤에는 발을 헛디뎌 넘어졌다. 몸에는 언제 생겼는지도 알 수 없는 멍들이 곳곳에 있었고, 길을 잃어 제자리로 돌아오거나 음식을 먹다가 혀를 깨무는 일이 빈번했다. 그런 나를 나조차도 한심해할 때 덤벙대고 급한 성격을 나무라지 않고 그저 걱정해 준 사람이 있었다.

그는 내가 아침마다 뛰어다니면 더 일찍 집에서 나오라는 말 대신 그저 넘어지지 않을지를 걱정했고, 밤에는 손을 잡고 천천히 숨을 고르며 걷게 했다. 그 사람은 종종 글을 썼고, 작가들을 동경했다. 내게 알려준 예술가나 플레이리스트는 내 취향에 꼭 맞았고, 그의 말은 내 가치관이나 앞날에까지 영향을 미쳤다.

나의 옛 연인은 그런 사람이었다. 밑줄 그은 책과 꽃을 선물하던 사람. 편지를 자주 써주던 사람. 내 아픔을 자책하며 눈물 흘리던 사람. 그는 다정함의 기준이며 나의 자랑. 이런 자부심까지 끝끝내 챙겨준 사람이었다. 나는 그로 인해 세상을 조금 더 선명하게 보기 시작했다. 덤벙거림을 탓하는 대신 나를 더 잘 챙겼고, 나만 아는 것에 집착하는 대신 근사한 예술가나 예술 작품을 발견하면 사람들과 이야기를 나눴고, 내게 중요한 가치들과 나의 역량, 미래에 대해 더 진중하게 고민했다.

사람은 영향력을 가지고 있다. 그뿐만 아니라 누구든 그럴 것이다. 말수가 많은 사람도, 적은 사람도. 무대 위에 있는 사람도, 무대 아래에 있는 사람도. 누군가를 가르치는 사람도, 누군가에게 배우는 사람도. 모두가 영향력을 행사한다. 어떤 영향을 끼칠지는 알 수 없지만, 우리가 아주 한심한 인간이 되지는 않기로 다짐해야 할 이유일 것이다.

당신으로 인해 변할 수 있는 게 생각보다 많다. 내가 그를 다정함의 기준으로 삼았듯이 누군가는 당신을 자신의 기준으로 삼을 수도 있을 것이다. 그러니 어떤 선택의 갈림길에서 늘 당신을 더 바로 세우는 쪽으로 가기를 바란다. 한 사람이 여러 사람을 살릴 수도, 한 사람으로부터 세상이 변해갈 수도 있다. 그것이 당신이 아무것도 아닐 수가 없는 이유일 것이다.

아주 흔하더라도 사랑

　사람은 어떤 부분에서는 너무 쉽게 휩쓸린다. 누군가 한숨을 쉬면 따라서 쉬고 누군가 비난하면 따라서 비난한다. 누가 누구랑 사랑하다 헤어졌대. 누가 이런 잘못을 했고 저런 착한 일을 했대. 하루마다 터져 나오는 기사들에 사람들은 우르르 몰려가서 한 사람을 비난하고 티끌 같은 잘못에도 죽음을 논했다. 그리고 어느 날에는 너무 쉽게 사랑을 말했다.

　이상한 일이었다. 비난과 사랑이 이렇게 쉬운 것일 리가 없는데. 어제까지 내 편이던 사람이 오늘 남처럼 돌아서는 것만큼이나 어제 나를 죽일 듯이 싫어하던 사람이 오늘은 사랑한다고 말하는 것 역시 나를 어지럽게 만들었다. 잘하면 칭찬을 듣고 잘못하면 혼이 나는 게 당연한 거라고 배우며 컸지만, 어느 쪽으로든 지나친 세상이 거뜬히 이해될 리도 없었다.

세상은 왜 이리도 삭막하고 사람들은 왜 이리도 철
조망 같을까. 세상을 돌아보면 자기 보호를 명목으로
다른 사람을 아프게 하는 사람들이 있다. 타인을 날카
롭게 찌를수록 자신을 보호하는 거라고 착각하는 사
람들. 그 철조망은 어떤 자존감이나 자신감도 지킬 수
없었고 그저 타인을 아프게 할 뿐이었다. 어떤 이유로
든 타인의 아픔을 즐기는 사람은 최악이고 나는 그들
이 세상을 망치는 주범이라고 생각한다. 결국 비난은
그들에게 돌아갈 것이고 비난이 오고 가는 세상은 무
해할 리 없으니 얼마나 슬픈 일인가.

아무에게도 미움받지 않는 사람은 없고 아무에게도
사랑받지 않는 사람도 없다. 그러면 우리는 미움받지
않는 사람이 없다는 사실로 안도하고 사랑받지 않는
사람이 없다는 사실로 슬프지 않아야 하나. 나는 어디
에도 휩쓸리고 싶지 않다. 모두가 미움과 비난, 잘못
된 관심과 시기 질투 같은 것에 시간을 쏟거나 빨려
들어가더라도 나는 정신을 똑바로 차리고 내 자리에

서 있고 싶다. 옳고 그름을 판단할 수 있는 사람으로. 아닌 건 아니라고 말할 수 있는 사람으로. 되도록 빨리 깨닫고 빨리 후회하고 고치는 사람으로. 자세는 망가져도 태도는 망가지지 않는 사람으로 살고 싶다.

만약 사람에게도 어떤 의미를 붙일 수 있다면 나의 의미는 아주 흔하더라도 사랑으로 하고 싶다. 사람을 사랑하는 일에 완성이라는 말을 붙여도 될지 모르겠지만 내가 사람을 사랑하는 일은 늘 완성되어 있다.

슬픔의 쓰임

그 애가 내 앞에서 울었다. 쉽게 말하기 힘들었을 가
정사를 털어놨고 일평생 힘들게 살았노라고. 그렇게
아주 길고 느리게 울었다. 그 애의 슬픔을 알아본 건
꽤 오래됐다. 그 애는 너무 자주 웃었고 너무 자주 양
보했다. 밝은 말투에서 느껴지는 어떤 조급함, 다른
사람을 채우느라 자신을 비우는 어떤 부족함이 내 마
음에 걸린 건 내가 유독 사람의 슬픔을 잘 알아보는
사람이기 때문일지도 모른다. 어쩌면 슬픔을 금세 읽
는 사람은 아주 커다란 슬픔을 가진 사람일지도 모르
겠다.

내가 가진 슬픔의 쓰임을 그 애를 만나고 알았다. 나
는 그 애의 어두운 면을 재빨리 알아차렸고 그만큼
빨리 그 애의 곁을 지켜줄 수 있었다. 나의 존재로 그

애의 공백을 전부 채우기에는 어림도 없겠지만, 눈은 울고 입은 웃는 얼굴 말고 터져 나오는 웃음을 참지 못해 눈을 질끈 감고 웃는 얼굴을 몇 번이고 옆에서 봐왔다. 때로는 그 애의 슬픔을 옷자락으로 닦아줄 수 있었고 번진 얼굴과 쪼그라진 몸을 내 등 뒤에 숨겨줄 수 있었다. 가끔 그 애가 어떤 기억을 일부러 잊어버리더라도 미워하지 않았다. 그렇게 내 그늘로 그 애의 그림자를 종종 숨겨주었고, 때때로 우리 슬픔이 눈에서 별이 되면 서로를 향해 반짝이는 시간을 보냈다.

내 슬픔이 해롭지만은 않다는 건 내게도 숨통이 트이는 일. 그러니 우리가 만난 건 운명이라 여겼다. 내 그늘 속이라면 그 애도 조금은 자유로울 수 있겠지. 적어도 내 영역에서는 그 애가 숨 가빠하지 않았으면. 웃어야 한다는 강박과 타인을 의식하는 습관을 내려놓고 마음껏 울었으면 했다. 그게 내 슬픔의 용도라는 생각을 하면 나는 정말이지, 내 슬픔이 하나도 억울하지 않았다. 슬픔을 더 큰 슬픔으로 덮어준다는 말이 처절하고 처연하게 들릴지도 모르겠지만 슬픔을 잘 다스리다 못해 잘 사용하며 사는 사람은 어떤 슬픔도 이미 이겨낸 사람이다.

 슬픔을 잘 헤아리는 사람이 된 건 내게 슬픈 행운.
슬픈 사람이 슬픈 사람을 알아보는 건 어쩌면 서로를
위로하며 살라는 뜻일지도 모르겠다.

묻어둔 말을 살려주는 그들

  언젠가부터 마음이 상하면 입을 꾹 다물었다. 감정이 요동치지 않는 건 아니었지만, 잘잘못을 따질 기운은 진작에 소멸했고 딱히 내 생각이나 감정을 일일이 말할 사람도 드물었기 때문이다. 살다 보면 아무리 어질게 살아도 욕을 먹고 미움받는 일이 생각보다 많이 생긴다. 사람마다 각자의 생각과 방식이 있으니 어쩌면 당연한 일이다.

  그래서인지 어느 집단이나 모임마다 반드시 나를 싫어하는 사람과 좋아하는 사람이 동시에 생겼다. 아주 작은 모임에서는 모두가 나를 좋아하거나 싫어한 적도 있지만 대개 사람이 여럿 모이면 큰 덩어리에서 다시 작은 덩어리로 나뉜다. 그러면서 예쁨과 미움을 골고루 받았는데, 누군가는 나를 아주 예뻐하다가 한

*

순간 아주 미워하기도 했다. 그런 변덕 탓에 사람들에게 환멸이 난 적도 있었다. 이런 것이 인간관계라면 나는 차라리 도태되고 싶었다.

그나마 다행이었던 것은 좋은 사람들을 만나면 쏟아지던 환멸과 염증이 금방 그치고 인류애가 솟아올랐다. 미움을 오래 품지 않으니, 마음에 큰 구멍이 나도 금방 새살이 차올랐다. 나는 그제야 꾹 닫고 있던 입을 열고 나와 결이 비슷한 이들에게 내 마음을 말하기 시작했다. 그들은 이야기 너머의 마음을 헤아려줬다. 꼭 격한 공감이 아니더라도 존중하는 태도와 눈빛으로 선을 넘지 않고도 경계를 넘어 나를 달래주었다.

우리는 종종 말을 묻어두거나 입을 닫은 채로 말한다. 그것이 현명한 순간도 분명히 있지만 말하지 못한 속마음이 안에서 썩지 않도록 간간이 꺼내놓을 줄도 알아야 한다. 그래서 우리에게는 말할 사람이 필요하다. 모든 것을 털어놓아도 안심이 되는 사람이. 가치관이 달라도 곧바로 반박하지 않고 입을 꾹 닫은 채로 기다릴 줄 아는 사람이. 다 듣고 나서야 자기 생각을 조심히 덧붙이는 사람이. 나를 함부로 단정 짓지 않는 사람이.

그들을 만나기 위해 우리가 해야 할 일은 사람 보는 눈을 키우는 일. 조심스레 말을 꺼내려 할 때 내 앞에 있는 사람이 내 말을 지켜줄 사람인지 어떤 말들을 모으고 내 것이 아닌 말들을 덧붙여 나를 공격할 사람인지 잘 구분해야 한다. 그래야만 나를 무리해서 방어하지 않고도 안전해질 수 있을 것이다. 알아두어야 할 것은 당신이 지나치게 조심스럽지 않아도 되는 사람들은 대부분 당신을 조심스럽게 대한다는 사실이다. 나는 그들 앞에서 곱씹거나 주저하지 않고 그들은 내가 파헤친 말들을 흉보거나 미워하지 않는다.

묻어둔 말을 살려주는 그들은 내게 생명의 은인. 그들에게만큼은 나의 가장 어린 마음과 가장 익은 마음을 말하고 싶어진다. 나의 가장 밝은 얼굴과 가장 어두운 얼굴을 모두 보여주고 싶어지는 것이다.

어떤 사연

　당신의 사연을 듣고 나의 사연을 말하면 우리의 사연이 만들어지고 있는 겁니다. 서로의 사연을 나누는 일은 마음을 나누는 일과 같아서 서로를 주고받는 일과 비슷합니다. 어떤 사연은 아팠고 어떤 사연은 아름다웠습니다. 나는 당신의 아픈 면과 아름다운 면을 나눠 가지게 된 사람. 당신은 나의 실없는 면과 깊은 내면을 나눠 가진 사람. 각각의 사연이 만나 더 이상 각각이 아닌 우리가 된 겁니다. 인연이 깊어지는 건 어떤 사연을 나누면서부터인지도 모르겠습니다.

당신은 구구절절 내 사람

　이성의 끈이 툭, 하고 끊어지는 순간이 있다. 꾹꾹 참고 참다가 아, 이건 정말로 아닌데 싶은 순간. 하지만 이미 모두가 알고 있듯 화를 내서 해결되는 건 아무것도 없다. 언성을 높이면 높일수록 의중은 침몰하고, 상대방은 내가 화낸 걸로 자기 잘못을 퉁 쳐버린다. 이 사실을 명확히 알고 있지만 아무래도 나는 침착한 어른이 되려면 아직인 모양인지 종종 화를 내고야 만다. 그럴 때마다 이토록 화가 많은 사람인 내가 한심스러워지고, 결국 화를 내고야 만 것을 후회한다. 어른이 되면 내 안의 화도 잘 다스릴 수 있을 줄 알았는데. 정말이지, 쉽지 않다.

　그러다 당신을 만났다. 나처럼 책과 편지, 그리고 대화를 좋아하는 사람. 넓고 푸르러 꼭 숲을 닮은 사람.

하품할 때 입을 그렇게나 크게 벌리는 데도, 떨어지는 꽃잎을 잡고는 헤벌쭉 웃는데도, 가끔 말도 안 되는 이상한 춤을 추는데도 하나도 우습거나 볼품없지 않았다.

 당신은 구구절절 내 사람. 나의 어수선함과 반짝이는 마음, 내 늦은 젊음과 오래된 취향을 애틋하게 바라봐준다. 내 자존감이 어디쯤인지 귀신같이 알아채고 자꾸만 처지는 어깨를 다독거려 다시 높이를 맞춰 놓는다. 가끔 목에 핏대를 세우고 열변을 토하는 내 말을 끊지 않고 가만히 들어주다가 천천히 고개를 끄덕인다. 내 풀린 신발 끈을 나보다 먼저 발견하고 꼭 자기 일인 듯 무릎을 꿇어 단단히 묶어준다. 비 오는 날마다 내게 날씨를 알려주고 미끄러지지 말라는 당부를 한다.

 나는 나무. 당신은 숲. 그러니 당신은 오래오래 나를 품어줄 사람. 당신이 앞으로도 그 다정한 손으로 내 어깨를 살며시 잡아준다면, 나와 눈을 맞추고 고개를 끄덕여준다면, 나는 머지않아 어리석음에서 빠져나와 이 성질머리도 이겨볼 수 있을 것 같다. 어쩌면 세상에 넘쳐나는 부조리와 모순들도 참아볼 만할 것 같다. 이리 부족하고 감정적인 나도 당신처럼 단정하고 다정한 사람이 될 수 있을까?

폭풍우가 몰아치는 생애를 순항하기 위해 나는 오래오래 당신이 필요할 것 같다.

같은 결

같이 생각해 보자고 말하는 사람

잘 지냈지? 보다 어떻게 지냈어? 라고 물어보는 사람

눈동자에 사연이 들어 있는 사람

외로움이나 그리움에서 오는 허기를 잘 달래며 사
는 사람

위로에 능숙하지 못해 쩔쩔매는 사람

느린 박자를 가진 사람

종종 이마에 땀이 맺히는 사람

원할 때 섞이고 원하지 않을 때 섞이지 않을 수 있는
본질을 가진 사람

부드러운 예술이 취향인 사람

행복하게 살 거라는 말을 입에 달고 사는 사람

자신을 지키는 문장 하나를 품고 사는 사람

놀이공원에서 고소공포증이 있다고 솔직하게 고백

*

하는 사람

  종종 네잎클로버를 찾는 사람

  오지 않는 답장이 서운해 입을 삐죽거리는 사람

  고르지 않은 숨소리를 들으면 맘 졸이는 사람

  올바른 자기 철학이 있는 사람

  비 오는 날 신을 장화를 미리 마련해 놓는 사람

  때때로 충고를 저버리는 사람

  달려오는 사람을 위해 열림 버튼을 누르는 사람

  여백을 못 견뎌 하지 않는 사람

  시멘트 틈에 난 이름 모를 꽃을 눈여겨보는 사람

  식물에 새 이름을 붙이는 사람

  생일의 의미를 까먹지 않는 사람

  일부러라도 과일을 사 먹는 사람

  이따금 서점을 찾는 사람

  예민한 구석을 사랑하는 사람

  매듭을 잘 짓거나 잘 푸는 사람

  경계를 지우는 사람

  일기를 읽어줄 사람을 기다리는 사람

*

나를 해치는 영광

    그녀는 희생이 당연한 것처럼 굴었다. 다 있는데 자기는 없는 게 당연하다는 듯이 구는 사람. 그녀는 음식 메뉴를 고를 때도, 심지어 자신이 입을 옷을 고를 때도 다른 사람 눈치를 봤다. 부탁은 거절하지 못했고 불편한 자리에 등 떠밀려 참석하는 건 다반사였다. 그런 자리에서 그녀는 이따금 아주 낮은 미소를 지을 뿐이었다. 어쩌다 돕지 못한 사람이 생기면 밤잠을 설치기도 했으며 자신의 탓이 아닌 일에도 자책하며 눈물을 흘렸다.

    그녀의 희생을 존중하지만 찬양할 수는 없는 것이 너무 이타적으로 굴면 결국 타인과 자신 모두를 해칠 수 있기 때문이다. 자신의 의견을 잘 표현할 줄 알아야 나와 상대방에게 도움이 된다. 아무런 표현도 하지 않으면서 속으로만 끙끙 앓거나 체념해버리면 사람들에게 그 사람은 이렇게 해도 되는 사람. 저렇게 해도 되는 사람. 그러다 결국 아무렇게나 해도 되는 사람이 되고야 만다. 사람들은 점점 더 모른 척 자신들이 편한 대로 굴 것이고 그것은 결국 그들에게도 안 좋은 습관을 들이는 일이다.

생각해 보면 아이를 키울 때도 그렇다. 부모가 알아서 다 해주면 아이는 스스로 자립할 수 없다. 어떤 게 잘못된 것인지 알려주는 것도 어른의 몫이니 나이와 상관없이 여전히 어리고 못난 사람들을 마주했을 때 무조건 감수하고 눈감아주지 않아야 한다. 희생에 자신을 갈아 넣는 이들이 알아야 할 것은 남을 도와주는 방법보다 자신을 챙기는 방법일 것이다. 나를 먼저 구해놓아야 다른 사람을 도와줄 수 있다.

대개 영웅이 나오는 영화나 드라마를 보면 두 사람이 함께 필사적으로 악당에게서 도망치다가 결국 약자가 악당에게 당하기 직전, 강자가 나타나 약자를 구하고 희생당한다. 그랬으면 위기에서 살아남은 사람이라도 잘 살아야 다행인데 결국 희생한 사람보다 약한 남은 사람은 악당에게 더 잔인하게 당하고야 만다. 그런 장면을 볼 때마다 내가 했던 생각은 '나였으면, 내가 살아서 어떻게든 저 사람을 구해줬을 텐데, 그랬다면 둘 다 살았을지도 모르는데'였다. 그리고 안타까워했다. 이런 전개가 대부분인 것을. 내가 살아야 그다음이 있는 거고 다른 사람도 있는 거라고, 내가 강해지면 나도, 다른 사람도 구할 수 있으니, 자신을 더 잘 키워두라고 목소리를 높이고 싶었다. 나를 먼저 지키는 건 절대 이기적인 게 아니니까.

나는 당신이 위기로부터 당신을 먼저 지키는 사람이기를, 어떤 기회가 눈앞에 왔을 때 양보하기보다 그 기회를 잡는 사람이기를 바란다. 타인을 위해 무언가를 해주고 싶은 마음이야 어여쁘지만, 타인을 돕거나 살리고 싶다면 일단 나부터 살아야 한다. 그것도 비실거리지 않고 튼튼하게.

그러니 당신은 아주 바쁘다. 당신을 위해서 해야 할 일이 차고 넘친다. 그런 당신을 누가 욕할 수 있을까.

*

혹시 자신의 부족함에 관해서 혹은 타인을 위해 해줄 수 있는 게 없다고 자책하고 있다면 그럴 시간에 좋아하는 반찬에 밥이라도 한 숟갈 더 뜨고 오늘도 고생했다고 당신을 안아주는 편이 낫다.

그래야 낫는다. 희생의 상처가. 그 상처는 영광의 상처가 아니다. 나를 해치는 영광은 어디에도 없다.

유서도 유언도 없이

　죽음에 대해 긴밀하게 들여다보기 시작한 지 얼마
되지 않았다. 아주 어린 시절부터 태어난 모든 것은
언젠가 죽음에 이를 것이고 그건 지극히 당연한 거라
는 걸 배웠지만 내게 죽음은 자주 잊고 사는 단어, 아
니 자주 외면하고 사는 단어라 아득하고 어렴풋하기
만 했다. 다만 어떤 상태로든 나는 자꾸만 커갔다. 커
간다는 건 원하든 원하지 않든 깨닫는 게 많아지는
일이었다. 애써 외면해도 자꾸 내게 얼굴을 들이미는
것들은 내 눈앞이 마냥 아름다울 수 없도록 했다.

　원치 않는 이별이 종종걸음으로 찾아왔다. 나이를
먹을수록 조문을 위해 장례식장을 찾는 일이 빈번해
졌고, 그때마다 어김없이 슬픔이 내 곁을 지켰다. 먼
저 별이 된 나의 지인들은 지난날 나와 시시콜콜한

*

이야기를 나눴고 눈을 맞추고 낄낄대며 웃었다. 우리는 같은 길을 걷거나 서로에게 고민을 털어놨고 때로는 나란히 서서 손끝으로 별을 세거나 별빛 아래 두 손 모아 소원을 빌기도 했다. 그 모습들이 눈앞에 생생하게 재생되면 그들의 죽음이, 우리의 이별이 믿어지지 않다가 이내 사는 것도 죽는 것도 아주 평범한 일이라는 생각이 내게 도착했다. 그들도 나처럼 평범하게 살아 숨 쉬었고 나도 언젠가 그들처럼 평범하게 숨을 거둘 테니까.

나이를 먹는다는 건 길가에 핀 꽃의 이름을 줄줄 외거나 이름 모를 꽃의 사진을 찍어두는 사람의 마음을 알게 되는 일. 마음속에 담아두어야 하는 것들이 늘어나는 일. 덤덤할 수 없는 일에 덤덤한 척하는 일. 우리는 그저 순간을 사는 것이라는 걸 이해하게 되고 그 순간을 이어 붙이면 하루, 이틀, 일 년이 되니 순간을 잘 살면 모든 날을 잘 사는 거라는 걸 깨닫는 일이 아닐까 싶다.

살아있는 모든 것은 어느 날 갑자기 죽을 수도 있다.

삶은 아무것도 정해져 있지 않고 건강은 보장된 게 아니며 시간은 멈출 줄을 모르고 사람은 시간과 상황을 완벽하게 통제할 수 없으니, 세상에 일어나는 갑작스러운 일들이 그리 받아들일 수 없는 일은 아닐 것이다. 물론 내가 살아가는 것인지 죽어가는 것인지 헷갈려지거나 아무도 살아서는 나갈 수 없다는 이 세상의 끝을 떠올릴 때면 두려운 마음이 내 안에서 움찔거리기도 했지만, 내일을 보장받을 수 없다고 새로 받은 오늘을 무기력하게 보내기만 할 수도, 오늘을 붙잡은 채로 내일이 오는 것을 막을 수도 없는 노릇이었다.

사실 우리는 모두 시한부. 하지만 우리가 두려운 게 어디 죽음뿐일까. 여태껏 우리는 온갖 걱정을 다 무찌르며 살아왔다. 숱한 밤에 고개를 떨구고 뚝뚝 떨어지는 눈물을 두 눈 뜨고 지켜보며 내가 깨달은 것은 오늘을 가장 힘주어 살아야 한다는 것. 새로 받은 오늘의 유한함을 잊지 않으면서 어제 있던 이가 오늘은 없는 이 세상을, 매일매일 이별하는 이 세상을 가엽게 여기면서 삶이 어지럽고 어질러지더라도 단아한 생각들로 하루를 정돈하며 살아갈 수만 있다면 불안과 고통에 깔려 죽지는 않을 거라는 것.

 그러니 상식을 벗어나는 망상과 어제의 슬픔으로 오늘의 시간을 낭비하지 말아야 한다. 미련 없이 죽기 위해 기를 쓰고 살아야 한다. 내일이 두려울수록 오늘을 더 열심히 살아야 하고, 죽음이 두려울수록 삶을 더 사랑해야 한다. 이것이 내가 쓸 수 있는 가장 애처로운 문장일 것이다.

 나는 어느 날 유서도, 유언도 없이 죽을지도 모른다. 다만 바람이 있다면 모쪼록 잊기 좋은 슬픔이 되고 싶다.

*

사색

보내진 편지만 간곡한 사랑일 리가
숨겨진 낙서도 간절한 사랑일 텐데

고개 든 꿈만 목마른 꿈일 리가
고개 숙인 꿈도 굶주린 꿈일 텐데

언젠가 다시 만나자는 말만 남겨둔 유언일 리가
훌훌 잘 지내라는 말도 남겨지는 유언일 텐데

고맙다는 말

언어는 섬세하고도 기민하다. 관계를 가만히 들여다
보면 오래 보는 사람들은 서로에게 미안하다는 말보
다 고맙다는 말을 자주 했다. 서로에게 미안할 일을
잘 하지 않는 것도 이유라면 이유겠지만 그보다 더
큰 이유는 서로의 존재를 고마워하기 때문이었다. 그
들을 보며 나도 미안하다는 말보다 고맙다는 말을 잘
하는 사람이 되고 싶었다. 그럴만한 사람들을 곁에 두
고도 싶었다. 마음을 언어로 표현하는 일이 쉬운 일은
아니겠지만 관계를 잘 유지하거나 마무리하기 위해
서는 진심을 담은 표현을 아끼지 않아야 했다.

얼마 전에는 시골집에 다녀왔다. 엄마는 적적할 시
골 생활을 혼자서 매일 견디고 계셨고 오랜만에 둘러
본 집에는 가족사진과 내가 그려 준 그림이 벽에 걸

려 있었다. 진짜 강아지를 키우는 건 부담스러워하시기에 외롭지 말라고 사드린 강아지 인형이 머리맡에서 엄마를 지키고 있었지만, 꼭 닫힌 방문들은 문고리마저 외롭게만 보였다. 자주 오고 싶은 마음이야 늘 있었지만, 이렇게 돌아갈 때마다 슬퍼서 어쩌냐는 핑계로 자주 내려오지도 못했다. 자주 보러 오지도, 자주 연락드리지도 못해서 죄송하다는 말은 속으로, 연락이 닿을 수 있는 곳에 계셔주셔서 감사하다는 말은 눈으로 전하는 여전히 못난 막내딸이지만, 서른이 훌쩍 넘은 딸에게 끼니 잘 챙기라고, 피곤하겠다고, 목도리 꼭 하고 다니라고 걱정의 말과 눈빛을 보내는 부모라는 존재가 이 세상에 있다는 사실이 눈물 나게 고마웠다.

많지도 않은 용돈을 넣은 봉투와 함께 고맙다는 말을 적은 작은 카드를 전해 주고 올라오는 길에 언제까지고 고맙다고, 사랑한다고 전할 수 있었으면 좋겠다고 생각하며 이를 악물고 걸었다. 걸음마다 아팠다. 어쩌면 고맙다는 말은 듣는 쪽보다 하는 쪽에 더 깊숙이 파고드는가 보다. 사람은 결국 혼자 사는 거라지

*

만 나는 혼자서는 행복하게 살 수 없을 것 같다. 여리고 약한 나는 누군가의 존재만으로 이리도 안도 한다. 이런 평화가 영원했으면 좋겠다.

 아 아, 다 붙잡고 싶다. 나를 살리는 존재들을 오래오래 보고 싶다. 하지만 순리는 거스를 수 없고 언젠가는 다 작별한다. 그러니 성실히 표현하는 일을 서둘러야겠지. 부끄럽지 않게 살아야겠다. 그들 이름에 먹칠하지 않고 존재의 고마움을 잊지 않고. 그들이 아직 곁에 있다. 나는 더 이상 못난 사람으로 살 수 없다.

나를 키운 건 슬픔보다 사랑

고통과 슬픔은 때때로 사람을 지독하게 가난한 사람으로 성장시킵니다. 이것은 재력의 이야기가 아니라 사람의 깊숙한 성질에 관한 이야기입니다. 저를 굶어 죽지 않게 보살피며 성장시킨 건 확실히 꾸짖음보다 믿어주는 말 한마디, 슬픔보다 사랑이었습니다.

자아가 생기고 호기심이 많아지기 시작한 무렵부터 가장 많이 들은 말은 "넌 못할 거야"라거나 "말썽부리지 말고, 가만히 있어"처럼 어떤 용기도 펼치지 못하도록 만드는 말들이었습니다. 그렇게 격려가 부족했던 어린 저는 잔뜩 위축되어 앞장설 줄도 모르는 아이였습니다. 그 탓인지 여전히 어떤 집단에서 소외감을 느끼거나 별거 아닌 일에도 나무라는 상사를 만나면 기가 죽어 안 하던 실수도 저지르게 됩니다. 그

건 속이 상하는 일이지만 그래도 어린 시절에 비해 아주 비대한 자존감이 생겼어요. 그간 남몰래 침을 꿀 깍꿀깍 삼키고, 손톱을 물어뜯고, 주먹을 꽉 쥐던 숱 한 날들을 보낸 저만의 눈물겨운 노력도 있었지만 스 쳐 지나갔거나 여전히 곁에 있어 주는 당신들의 사랑 덕분에 갖게 된 제 소중한 자산입니다.

전화기에 제 이름이 뜨면 반갑게 받아주신 거, 터져 나온 한숨 소리를 듣고도 나무라지 않으신 거, 눈시울 이 붉어질 때마다 다독여 주신 거, 앞에서 혹은 뒤에 서 저를 위해 울어 주신 거, 캄캄한 방안에 스스로 갇 힐 때면 불을 켜고 기어이 신발을 신겨 밖으로 내보 내 주신 거, 아래에서 허덕일 때 손잡아 끌어올려 주 신 거, 위로해 줄 때나 칭찬해 줄 때나 똑같이 안아주 신 거, 가끔은 두 팔 벌린 채 기다려주신 거, 함께 있 던 자리에서 저보다 조금 더 머무르며 제 뒷모습을 가만히 지켜봐 주신 거 전부 다 기억하고 있어요.

살면서 거대한 고통이 덮쳐올 때마다 그 기억들이 급하게 달려와 저를 구해주고는 합니다. 이제 제가 해야 할 일은 그 모든 기억을 엮어서 밧줄을 만드는 일 같습니다. 밧줄 마디마디 당신들의 이름을 새겨 넣고 그 이름을 잡고 꾸준히 올라가는 일 같습니다. 그 이름들을 놓치지 않는 악력을 키우는 일 같습니다.

저의 결핍과 강박, 야속한 서사를 외면하지 않고 곁에 머물러주셔서 고맙습니다. 당신들이 제게 그랬듯이 저도 당신들이 나아가는 모든 걸음을 언제까지라도 응원할게요. 아무 때나 아무 걱정 없이 전화 주세요. 제 앞에서 한숨을 쉬어도, 울어도 됩니다. 제가 두 팔 벌리고 서 있을 테니 달려오셔도 되고요. 저보다 먼저 뒤돌아 떠나셔도 제가 그 뒤에 서 있을게요. 저도 이제 누군가의 뒷모습을 가만히 지켜볼 수 있는 어른이 다 되었는걸요.

다시 한번 말하지만, 저를 키운 건 슬픔보다 사랑. 다 당신들 덕분입니다.

가시 없이 따가운

예쁘게 잘 컸다는 말
내가 당신의 자랑이라는 말
아프면 속상할 것 같다는 말
따뜻한 물 자주 마시라는 말
꿈에 내가 보여 한숨도 못 잤다는 말
내 뒤에 당신이 있다는 말
바빠도 끼니는 꼭 챙기라는 말
내 말을 오래오래 곱씹어 봤다는 말
그럴만한 이유가 있었을 거라는 말
이불 꼭 덮고 자라는 말
사랑하고 있다는 말

작가의 말
각별한 이야기

　당신의 안부를 묻기 전에 저의 안부를 전하고 싶습
니다. 다른 사람의 이름을 묻기 전에 자신의 이름을
말하는 마음과 비슷합니다. 요즘 저에게는 크고 작은
어려움들이 덕지덕지 달라붙어 있습니다. 그것들은
아무리 돌려보내도 반복적으로 돌아오고 있습니다.
하지만 지나가는 아이들의 표정, 꽃봉오리와 잡초의
안간힘, 낙엽을 피해 걸어가는 어른의 발자국을 보며
짊어진 어려움들을 버텨내고 있습니다.

　어떻게 지내고 계시는가요? 혹시 당신도 몇 겹의 어
려움을 덮은 채 무거운 밤을 보내고 계신 건 아닌지
애가 탑니다. 갖은 수를 써도 제가 그 밤을 번쩍 들어
드릴 수는 없겠지만 이렇게 안부를 묻기도 하고 당신

이 무슨 말이라도 해온다면 저는 그게 어떤 이야기든 고개를 끄덕이며 오래오래 들어주고 싶습니다. 그러다가 경적 같은 울음이 시작되기라도 하면 냉큼 안아 드리고도 싶어요. 저의 아픔을 말하고 당신의 아픔을 물은 이 마음이 부디 너무 어리석은 마음은 아니었으면 합니다. 이 책 안에서 가지고 싶은 문장은 발견하셨나요? 이 책에 접힌 모서리는 몇 개인가요? 마음은 조금 괜찮아지셨나요? 저는 여전히 당신이 궁금하고 함께 나누고 싶은 이야기가 많습니다. 이 책은 늘 표현이 부족하던 저란 사람의 사력입니다만 독자님께 제 사력이 다소 부족한 건 아니었을지, 불쑥불쑥 튀어나왔을 제 뾰족한 모서리가 어쩌면 독자님을 조금이라도 아프게 하지는 않았을지 걱정입니다. 어쩌면 이 걱정도 저의 약점입니다.

독자님 저는 지푸라기라도 잡고 싶은 심정을 잘 알아요. 하지만 희망 가득한 말로만 희망을 말하고 싶지는 않았습니다. 가끔은 절망스러운 마음을 여과 없이 써내어 수긍을 통해 희망을 찾을 수 있기를 바랐습니다. 허기에 온몸이 구겨져도 봤고 슬픔에 일렁여도 봤으니

213

이런 서정적인 위로를 전할 수도 있게 된 듯합니다. 요즘 제가 크게 느끼는 것 중 하나는 견뎌야 한다는 겁니다. 기다리는 사람이 달려오는 소리를 듣기 위해서라도 반드시 견뎌야 합니다. 속도에 너무 얽매이지도 않으셨으면 좋겠습니다. 저처럼 아주 느리게 자라나는 사람도 이렇게 기어코 당신에게 닿았으니까요.

아실지 모르겠지만 독자님은 이미 제 자랑입니다. 이 책을 끝까지 읽어준 고마운 사람이고요. 그러니 또 만나고 싶은 건 당연한 제 바람입니다. 다시 만나면 저는 지금보다 더 다정한 문체를 가진 사람이 되어있을게요. 더 깊숙이 안아드릴 수 있도록 저를 꾸준하게 다듬어둘 생각인 겁니다. 독자님은 지금껏 그래왔듯 앞으로도 꿋꿋하게 독자님의 삶을 살아가세요.

독자님, 부디 엉망이 되는 일과 천천히 추스르는 일을 벅차하지 않으셨으면 좋겠습니다. 아마도 그게 사는 일일 겁니다.

*

모든 게 고맙습니다. 각별한 다정을 담아.

황예현 올림

추천의 글1

글은 결국 그 사람이 자기 자신을 어떻게 대하느냐를 드러낸다. 이 책에는 자신을 함부로 대하지 않는 사람의 문장이 있다. 고꾸라지는 순간마다 자기편이 되어주는 문장을 보며 생각한다. '과장 없이 삶을 견디는 태도야말로 가장 어려운 어른의 지혜가 아닐까?'

혼잣말까지 다정해질 수 있다면 이미 충분히 잘 살고 있는 사람이다. 더 이상 스스로를 다그치지 않겠다는 부드러운 선언, 그사이에 피어오르는 용기를 목격할 수 있어 잊고 있던 나의 하루를 보살필 수 있었다.

『버텨온 시간은 전부 내 힘이었다』신하영 작가

추천의 글2

어떤 사람이 됐든, 사람으로서, 내가 나로서 살아가기 위해선 마음에 나름의 무겁고 단단한 의미 하나를 품고 지내는 것이 중요하다는 걸 안다. 그를 위해 회사에 다니는 사람들은 자기 일로부터 보람을 찾으려하고 음식을 만드는 사람들은 자기 음식을 먹는 사람들의 표정을 보려 한다.

글을 쓰는 사람은, 그러므로, 자신의 다정함이 읽는 사람을 조금이라도 안온하게 만드는 모습을 꿈꾸는 거겠지. 이 책도 그런 마음에서 시작되었을 것이다. 이름처럼, 시절처럼, 바다처럼, 내 글자들을 읽는 당신이 무엇으로부터든 달아나지 않고 무엇도 원망하지 않고 무엇에게든 잠겨 죽지 않기를. 그저 거기에서서, 누구도 미워하지 않고 그저 잘 살기를 바라는 마음.

『사랑의 증명』오휘명 작가

혼잣말까지 다정한 사람

초판 1쇄 인쇄 2026년 02월 25일
초판 1쇄 발행 2026년 02월 25일

지은이   황예현

디자인   포레스트 웨일
펴낸이   포레스트 웨일
펴낸곳   포레스트 웨일
출판등록   제2021 - 000014 호
주소   충청남도 아산시 탕정면 용머리길 40 유니콘101 216호
전자우편   forestwhalepublish@naver.com

종이책   979-11-94741-97-8

ⓒ 포레스트 웨일 | 2026
· 이 책은 저작권법에 의하여 보호받는 저작물이므로 무단 전재와 복제를 금합
  니다.
· 이 책 내용의 전부 또는 일부를 이용하려면 사전에 저작권자와 포레스트
  웨일의 서면 동의를 얻어야 합니다.

작가님들과 함께 성장하는 출판사
포레스트 웨일입니다.
작가님들의 소중한 원고를 받고 있습니다.
forestwhalepublish@naver.com